www.mayabooks.co.kr

재벌집 망나니 7대독자

재벌집 망나니
7대독자 ⑧(완결)

지은이 | 앤서
펴낸이 | 권순남
펴낸곳 | (주)마야 · 마루출판사

등록 | 2008. 1. 7(제310-2008-00001호)

초판 인쇄 | 2020. 7. 9
초판 발행 | 2020. 7. 14

주소 | 서울특별시 노원구 동일로237가길 17, 신영산업 **BD 602호**
대표전화 | 02-2091-0291
팩스 | 02-2091-0290
이메일 | marubooks@mayabooks.co.kr

ISBN | 978-89-280-7640-6(세트) / 979-11-368-0556-0
정가 | 8,000원

잘못된 책은 교환하여 드립니다.
저자와 협의하여 인지를 붙이지 않습니다.

「이 도서의 국립중앙도서관 출판시도서목록(CIP)은 서지정보유통지원시스템 홈페이지(http://seoji.nl.go.kr)와 국가자료공동목록시스템(http://www.nl.go.kr/kolisnet)에서 이용하실 수 있습니다.」
(CIP제어번호:CIP2020027268)

MAYA&MARU MODERN FANTASY STORY

재벌집 망나니 7대독자

앤서 현대 판타지 장편소설

8 [완결]

❖ 목 차 ❖

제1장. 금시초문 (2) ···007

제2장. 새 정부와의 갈등 ···023

제3장. 함부르크 회담 ···063

제4장. 서민의 삶 ···117

제5장. 그때 무슨 일이 ···147

제6장. 러시아 커넥션 ···201

제7장. 에너지 쇼크 ···257

제8장. 처음과 끝 ···295

재벌집 망나니
7대독자

*이 소설은 픽션입니다. 모두 허구임을 알려 드립니다.

재벌집 망나니
7대독자

　이진이 다시 정일영을 만난 것은 파면된 대통령이 서울 구치소에 수감된 다음 날이었다.
　2017년 4월 1일.
　강남의 한 일식집 주차장에 이진의 업무용 차량이 들어서자 전 직원이 나와 기다리고 있었다.
　정일영 보도국장이 떠벌린 것이 분명했다.
　"일식집 명가를 운영하고 있는 차운식입니다. 방문해 주셔서 감사드립니다."
　"환영합니다, 회장님!"
　일식집 사장 차운식의 말에 이어 직원들이 일제히 목소리를 높였다.

"환대해 주셔서 감사합니다."

"어인 말씀을요. 들어가시지요."

어이가 없었지만, 이진은 공손하게 인사를 하고는 안으로 들어갔다.

카운터 앞에 정일영 보도국장이 나와 있었다.

"회장님!"

"제가 늦었습니다."

"아닙니다. 제가 일찍 나온걸요."

약속 시간은 30분 전이었는데 일찍 나왔다고 주장하는 정일영 보도국장.

이진은 곧 특실로 들어가 자리를 잡았다.

"메겐은 나가서 식사 따로 해요. 다른 분들도 식사하시게 하고요."

"예, 회장님!"

비서 메겐이 밖으로 나가고 둘만 남자 이진은 곧바로 물었다.

"요즘 어떻습니까?"

이진은 말에 정일영 보도국장이 기다렸다는 표정으로 대답했다.

"지금으로 봐서는 야당 후보의 당선이 거의 확정적입니다."

"아! 그걸 물은 게 아닌데……. 난 이번 대통령 선거, 관심 없어요."

"아! 죄송합니다. 그럼 무엇을……?"
"정 보도국장님 사시는 것 말입니다."
"아! 예. 그저 방송인으로서 본분을 다하다 보니……."
미친 새끼.
속으로 어이가 없었지만 이진은 고개를 끄덕였다.
방송인으로서 본분을 다하다 보니 챙길 걸 못 챙겼단 말이나 다름없었다.
"내가 알아보니까 30평대 아파트에서 아직 사시더라고요?"
"…예."
"능력 있으신 분은 보상을 받으셔야 하는데 한국은 영……."
"그리 평가해 주시니 감사드립니다."
이진의 말에 정일영은 감사를 표했다.
뭘 준다고 한 것도 아닌데…….
"그래서 말인데, 우리 테라 타워 올라가는 거 아시죠?"
"예. 물론입니다. 아시아에서 가장 높은 빌딩 두 채를 누가 모르겠습니까?"
강우신이 맡아 진행하는 프로젝트다.
테라의 첨단 에너지 시스템을 접목해 짓는 첫 주상복합 아파트.
물론 그런 부분은 공표가 되지 않았지만 서울 시내 한복판에, 그것도 강남의 노른자위 땅에 초고층 명품 주상복합 대형 아파트가 들어선다는 것에 모두 관심을 가지고 있었다.

그러나 분양은 아무나 받을 수 있는 것이 아니었다.

돈이 있다고 해도 마찬가지다.

테라는 주택 사업도 대출 없이 시작했다.

선 완공, 후 분양을 택한 것이다.

테라가 보유한 현금을 소비하기 위한 고육지책이기도 했다.

100층이 넘는 아파트 두 동.

그것도 완공 후 분양은 파격적이었다.

문제는 가격인데, 이미 부동산 시장에서 전망하기를 평당 2억을 호가할 것이란 말이 나돌고 있었다.

아직 공사 초기 단계인데도 말이다.

이진은 그걸 이용해 간을 보고 있었다.

"국장님 정도면 테라 타워 정도는 사셔야 하는데……."

"아이고, 감사드립니다. 신명을 다하겠습니다."

낚시란 것도 손맛이란 것이 있어야 하는데…….

떡밥도 투척하기 전에 물고기가 아예 물에서 나와 주둥이를 열어젖힌다.

"내 이야기해 두지요. 99층이 좋겠죠?"

"아이고, 회장님! 감사드립니다."

"혹시 한동우 검사장 아십니까?"

이진이 본론으로 들어갔다.

"물론입니다. 전에 대검 특수부에 있을 때 몇 번 거래를 한 적이 있습니다."

"그럼 더 잘됐네요. 그 양반에 대해 보고를 받다 보니 다음 총장 후보로 보인다고 하더라고요."

"…물망에 오른 것은 확실합니다."

"이제 정권도 바뀔 테고, 우리 테라도 그동안 못해 왔던 국내 사업을 좀 했으면 하는데……."

이진이 슬쩍 말끝을 흘렸다.

"본격적으로 국내에 뿌리를 내리실 생각이십니까?"

"예. 가능하다면 이번 말고 다음에는 정치권으로도 좀 슬슬 나가 볼까 싶기도 하고……."

정일영 국장이 고개를 끄덕거렸다. 마치 무엇을 알기라도 하는 것처럼 말이다.

"그러셨군요. 당연한 것 아니겠습니까? 당장은 회장님이 젊으셔서 출마야 어려우시겠지만, 안 될 것은 없지요."

"내 정 PD, 아니 정 국장님께 그 말을 듣고 싶었어요. 아시다시피 우리 테라는……."

"아이고! 알다마다요. 왕족 아니십니까? 사람들은 민주주의다 뭐다 해서 계속 이렇게 갈 것이라고 여기지만, 전 아닙니다."

"그럼 정 국장님 소신은요?"

"당연히 회장님 가문의 잃어버린 세월을 찾으셔야지요. 테라가 못할 것이 뭐가 있겠습니까?"

짝짝짝.

이진은 아예 박수를 쳤다.

그리고 나직하게 말했다.

"그 첫 단추가 바로 다음 검찰총장이죠. 사실 한국은 검찰이 다 해 먹잖아요."

"그렇습니다. 누구도 찍히면 자유로울 수 없죠."

"내 다음에 한동우 검사장을 밀어 봐도 될까 싶기도 하고……."

이건 한동우의 구린 쪽이 필요하다는 언질이었다.

"제가 자세히 조사를 해, 보고 올리겠습니다."

"정말 그래 주실래요?"

"물론입니다. 걱정 마십시오."

정일영은 아예 이진의 앞에서 다짐을 했다.

"그럼 일 편안하게 하시게 조치하지요. 자! 식사할까요?"

"예, 회장님! 제가 오늘 아주 귀한 음식을 준비하도록 했습니다."

정일영은 한껏 들떠 오지랖을 떨었다.

이진은 정일영과 3시간이나 식사를 했다.

그리고 나와서 차에 타자마자 메겐에게 물었다.

"어떻게 했어요?"

"식사하시는 동안 정 국장 집에 말씀하신 대로 조치를 했습니다."
"정일영이 녹음했죠?"
"예. 도청 장치는 사용하지 않았고 스마트폰으로 녹음을 했습니다. 그 내용은 삭제했습니다. 아마 기록도 남아 있지 않을 겁니다."
"아주 간사한 새끼예요."
"호호! 예, 회장님!"
이진 정도가 어디서 밥을 먹으면 당연히 보안 검사를 한다.
하지만 함께 식사할 손님 전화마저 받지 못하게 할 수는 없다.
정일영은 그걸 이용해 다른 행동은 하지 않고 자신의 폰으로 녹음을 한 것이었다.
그러나 그 기술이 테라의 것이란 사실을 간과했다.
"근데 표정이 왜 굳어 있어요?"
"예. 그게, 전자 기술이사가 항의를 하는 바람에……."
"아! 전화를 넣어요."
"하지만 회장님! 그 양반, 막무가내라 무슨 소리를 할지 모릅니다."
"그 양반이 충신이에요. 어서요."
메겐이 이진의 말에 하는 수 없이 전화를 돌렸다.
조기환 테라전자 기술이사다.

현재 국내 기술 분야 총책임자나 마찬가지였다.

이진은 곧바로 자신이 회장 이진임을 밝혔다.

그 이후로 이진은 전화기에 대고 계속 미안하다는 말을 해야 했다.

메겐이 옆에서 손가락으로 몇 번이나 이진이 '미안합니다.' 란 말을 하는지 세고 있었다.

그리고 손가락이 다 된 다음에도 몇 번 더 사과를 한 이진은 다음부터는 그런 일 없을 것이라고 말한 후 전화를 끊었다.

"크흠!"

"뭐라고 합니까, 회장님?"

"아시면서……. 그만 갑시다."

이진과의 저녁 식사를 마치고 한껏 고무되어 집으로 돌아온 정일영 보도국장.

늙은 와이프가 요상한 눈초리로 그를 맞았다.

"나 왔어."

"누가 오렌지를 저렇게나 보냈어?"

"오렌지?"

정일영이 거실을 보니 오렌지 박스가 거의 6개나 쌓여

있었다.

"누가 놓고 갔는데?"

"몰라. 자기들은 배달하는 사람이라고 하더라고. 무슨 줄 게 없어서 미국산 오렌지야?"

"그러게……."

마누라의 말을 받으며 중얼거리던 정일영은 문득 떠오르는 것이 있었다.

방금 테라 회장을 만났는데 그는 아무것도 주지 않고 자신을 돌려보냈다.

심지어 일식집 계산도 자신이 해야 했다.

그래서 좀 이상하다 여겼는데.

정일영은 얼른 오렌지 박스로 다가갔다.

위로 구멍이 6개나 뚫려 있는데, 덮개가 덮여 있어 속이 보이지 않았다.

들어 보니 무게가 상당했다.

오렌지만의 무게일 수는 없었다.

"칼 좀 가져와 봐."

"왜? 먹게? 그냥 돌려보내."

"칼 가져와. 이거 오렌지 아니야."

"그럼 뭔데? 주려면 상품권이나 줄 것이지……."

마누라가 투덜거리며 칼이랍시고 과도를 가지고 왔다.

한 번 힐끗 노려본 정일영은 오렌지 박스를 조심스럽게

잘라 가며 개봉했다.

그리고 위에 덮인 골판지를 열자.

"어머나, 세상에?"

"거봐, 내가 뭐랬어?"

"이게 대체 얼마야? 무슨 돈이야?"

놀랍게도 오렌지 박스 안에는 5만 원짜리 지폐가 가득 담겨 있었다.

그런 박스가 6개.

"테라, 테라 하는 게 괜히 하는 말은 아니었네. 이렇게 통 큰 놈은 또 처음 보네."

"뭐야? 그럼 테라 회장이 보낸 거란 말이야?"

마누라쟁이의 말에 정일영은 빙긋 웃었다.

이만한 현금이 착수금.

그럼 테라 타워 로열층은 당연할 것이었다.

"말 좀 해 봐. 이거 우리가 써도 되는 돈이야?"

"하하하! 당연히 되지. 너무 표는 내지 말고 당신, 쇼핑도 하고 그래. 나머지는 장인어른 과수원에 보관하고."

"어머나, 세상에! 당장 보관해야겠다. 여기 두었다가 강도라도 들면 어떻게 해?"

"그럴까? 난 술 마셔서 운전 못하는데……."

"내가 다녀올게. 이게 얼마야……. 나 이만한 돈 처음 봐."

"나도 화면으로만 조폐공사 나올 때 봤다. 어쨌든 서둘러.

그래야 잠자겠어."

 정일영 부부는 일심동체가 되어 돈을 모처에 은닉하기 위해 행동을 해야 했다.

 정일영 보도국장도 특기란 게 있다.
 이진이 보기에도 그랬다.
 예전에도 득달같이 이만식 회장의 구린 곳을 알아내고는 쿵쿵거리며 달려들었다.
 그러나 그런 구린 것을 곧바로 기사화하는 것은 아니다.
 일단 누가 돈을 더 낼까를 저울질한다.
 그리고 돈을 더 내는 쪽과 손을 잡는다.
 대개는 이만식 회장과 손을 잡게 되어 있다.
 지금의 이진보다 많이는 못 주겠지만, 이만식 회장은 그런 일이 생기면 상대보다 한 장을 늘 더 얹고는 했다.
 그 돈의 일부는 한동우 검사에게 흘러들어간다.
 한동우 검사는 일단 정일영이 물어 온 건수를 가지고 간을 본다.
 슬쩍 내사 중이란 말을 흘린다.
 그럼 바로 이만식 회장의 귀에 그 이야기가 들어가고, 적당한 선에서 무마하려면 다시 돈을 내야 한다.

완전히 덮으려면 더 많은 돈을 내야 한다.
이미 기정사실화된 내용이라면 형량으로 들어간다.
실형이냐, 아니면 벌금이냐.
실형이면 집행유예냐, 아니면 징역형이냐.
벌금이면 얼마냐가 문제인데, 이만식 회장은 벌금을 꺼렸었다.
대신 들어가 살아 줄 놈이 넘쳐 나니 돈이 아까웠던 것이다.
그런데.
이번에는 그 둘이 서로를 상대한다.
이제 돈맛을 본 정일영은 곧바로 한동우 검사장의 뒤를 캘 것이다.
아니, 아마 캘 것도 없을 것이다.
이미 해 먹은 것을 다 아니 말이다.
그게 들어오면 그걸 한동우 검사장에게 알려 줄 생각이었다.
정일영이 준 것이라고 말이다.
그러나 정일영 정도쯤이면 의심도 해 볼 것이 분명했다.
그래서 오렌지 박스로 그 의심을 차단했다.
적당하거나 어느 정도 많은 돈은 의심을 막기에 부족하다.
그러나 생각하지도 못한 어마어마한 거액을 주면 얘기가 달라진다.

곧바로 이성을 상실하게 되고 탐욕만 남게 된다.

방금 메겐에게 온 전화로 볼 때 통한 것이 분명했다.

정일영 부부가 오렌지 박스를 차로 실어 나르고 있다는 소식이 들려왔다.

"후훗!"

"왜 웃어? 그거 혹시 나 비웃는 거야?"

"아니야."

"맞는 것 같은데……."

이진이 혼자 빙글거리다 웃자 메리 앤이 억지를 부렸다.

이진은 얼른 화제를 돌렸다.

"메리는 대통령 선거 때 누굴 찍을 거야?"

"그야 나한테 유익한 사람을 찍어야지."

"정답!"

이진은 메리 앤을 적극 칭찬했다.

누구나 자신에게 유익한 사람을 찍는다면?

신념이 아닌 오로지 유익한 사람 말이다.

이진이 볼 때 신념이란 아주 무의미했다.

그것도 국민의 일을 하는 선출직 공직자들이 가진 개인적인 신념은 독이나 다름없다.

잘못된 신념을 가진 인물을 투표로 뽑아 놓으면 뒷감당마저 힘들기 때문이다.

신념이 아닌, 일이어야 한다.

유익한 사람을 뽑는다면?

그 표가 모아져 정말 더 괜찮은 사람이 대통령이 되지 않을까?

"당신은?"

"난… 메리가 찍는 사람?"

이진의 장난에 메리 앤이 흘겨보다가 뭔가 부족했는지 달려들었다.

"지금 나 놀리는 거지?"

"그럴 리가?"

"아니면 왜 내가 찍는 사람을 찍어? 당신, 바보야?"

"바보라니? 나 그런 말 진짜 처음 듣는다. 금시초문이야. 나 테라 회장이거든?"

이진은 그렇게 말한 후 혓바닥을 내밀고 도망쳤다.

"나 잡아 봐라?"

메리 앤이 곧바로 뒤를 쫓았다.

잡으라고 했다고 정말 잡으려 드는 메리 앤.

성북동에 때 아닌 유치한 추격전이 벌어지자 메이드들은 입을 가리고 웃느라 바빴다.

제2장

새 정부와의 갈등

재벌집 망나니
7대독자

2017년 5월 9일 화요일.

법정 공휴일로 지정이 되었고 대통령 선거가 실시되었다.

당선자의 득표율은 41퍼센트.

박주운이었을 때도 그랬지만, 이진인 지금도 늘 이것이 과연 옳은 방식인가 하는 의구심을 품지 않을 수 없었다.

어찌 되었든 대한민국을 뒤흔든 초유의 대통령 탄핵, 그리고 선거는 그렇게 막을 내렸다.

그러나 그걸로 끝이 아니었다.

이어 다시 적폐 청산이라는 칼날이 휘둘러지기 시작했다.

적폐 청산은 대통합을 내세운 정부가 보수 세력을 짓밟는 방식으로 이루어졌다.

아마 그렇게 하지 않았다면 보수 세력이 정권을 흠집 내 끌어내리려 바빴을 것이다.

이진이 보기에 정치판은 조선 시대의 노론과 소론에 지나지 않았다.

대통령이 취임한 지 한 달 만에 청와대에서 사람이 나왔다.

청와대 경제수석이었다.

"회장님, 청와대 경제수석께서 와 계십니다."

"모셔요."

이진은 집무실에서 경제수석을 맞았다.

경제수석이 들어서자 이진은 그제야 자리에서 일어났다.

"어서 오십시오. 많이 기다리셨죠?"

"하하하! 테라 회장님 만나기가 쉽지는 않습니다. 대통령님도 이렇게 기다리지는 않는데……."

경제수석은 노골적으로 불만을 드러냈다.

박주운의 입장에서 볼 때 이런 경우 아마 불만이라고 여기지도 않았을 것이다.

일반적인 보통 국민들은 고작 유감스럽다는 말에 화를 내지는 않는다.

쌍시옷이 들어간 욕이 나와야 화도 내고 싸움도 한다.

하지만 계층이 올라가면 나름대로 싸움도 우아하게 하는 경향이 있다.

물론 뒤로는 더 더러운 짓들을 하지만 말이다.

이진의 말에 경제수석이 자리에 앉았다.
메겐이 배석을 했다.
"전 정부와는 사이가 별로 안 좋으셨죠?"
"그럴 리가요?"
"하지만 대통령의 부름에 한 번도 나오지 않으신 것으로……."
경제수석의 말에 메겐이 나섰다.
"수석님! 회장님은 누가 부른다고 가야 하는 분이 아니십니다."
"…하하하! 그러신가요? 그럼 우리 정부에서는요?"
"마찬가지입니다."
"한국에서 사업을 하시면서 그러시면 안 되죠. 정치와 경제는 싫어도 밀접한 관계를 가지고 있는데, 협의할 것은 협의해야죠."
"협의할 것이 있으시다면 공식적으로……."
"이봐요! 나 지금 회장님이랑 이야기하는 중이에요."
경제수석이 결국 소리를 질렀다.
그러나 메겐의 눈은 이진에게로 향하고 있었다.
"가서 커피나 한 잔 타 와요."
"예, 회장님!"
이진이 메겐에게 커피 심부름을 시켰다.
그러자 방금 전 메겐은 없었다.
곧바로 화사하게 웃으며 묻는다.

"손님, 커피는 어떻게……?"
"설탕 둘에 프림 둘이시죠?"
"예? 아, 뭐 그렇죠."
"설탕 둘에 프림 둘요."
"예, 회장님!"

메겐이 나가자 이진이 입을 열었다.

"아마 제가 전 정권과 친하지 않은 것을 오해하신 모양입니다."

"무슨 말씀이신지요?"

"전 이미 이전 대통령이 이렇게 될 줄 알았거든요."

"하하하! 재미있으신 분이시군요."

"그렇죠? 한데 이렇게 제 집무실까지 오신 이유가……. 제가 알기로는 조각도 제대로 못하신 걸로 아는데……."

정부는 장관 인선도 제대로 하지 못한 상태였다.

당연한 일이었다.

먼저는 대통령직 인수위원회를 구성할 시간이 없었기 때문이다.

그리고 두 번째는 의중에 두었던 사람들이 번번이 야당의 공격에 치명타를 입었기 때문이었다.

"하하하! 아픈 곳을 찌르시는군요. 그거야 뭐 대통령께서 알아서 하실 일이고……. 제가 오늘 찾아뵌 것은 곧 대통령께서 면담을 진행하실 예정이기 때문입니다."

"…왜요?"

"예?"

이진의 말에 경제수석은 당황했다.

대통령이 면담을 할 것이라는데 '왜요?'라니.

이진이 웃으면서 말했다.

"제 말씀은 전 한국 국민도 아닌 외국 기업 CEO인데 절 먼저 청와대에 초청하시는 건 좀 이상하지 않을까 싶어서……."

"아! 하하하! 뭐, 그렇기야 하지요. 하지만 그래도 테라전자가 세계 1위 기업이고 세수에 미치는 영향이 막대하니……."

"저기, 그러지 마시고 까놓고 이야기하시죠."

"허허허! 좋습니다. 그럽시다."

이진의 말에 경제수석은 어쩔 수 없다는 표정을 짓더니 결국은 본심을 드러냈다.

"전 정부에는 거의 협조하지 않았는데 이번 정부에는 어쩔 것이냐 묻고 싶으신 거 아니십니까?"

"정확히 짚으셨습니다. 아시다시피 우리 대통령님께서는 그다지 대기업에 친화적이지는 않습니다."

"그야 내 알 바 아니고……. 전 이번 정부와도 그다지 친하고 싶지 않습니다."

"그 말씀은 우리 정부를 패싱하겠다는 뜻으로 받아들이면 되겠습니까?"

이진은 경제수석을 노려봤다.

새 정부와의 갈등 • 29

그리고 말했다.

"대통령께 전해 주세요. 국민을 먼저 생각하시라고요. 그럼 우리 테라와는 문제없이 잘 지내시게 될 겁니다."

"만약에 아니면요?"

"국민을 먼저 생각하지 않으시겠다고요?"

"허! 그런 말이 아니라……. 젊은 분이라서 그런지 극단적이시네요."

"극단적인 분들은 좌익과 우익이죠. 남미 사례를 잘 보세요."

"협박입니까?"

경제수석이 눈을 치켜떴다.

"예. 괜히 건드리지 마세요. 생산 기지부터 시작해서 모든 테라 자산을 일시에 다른 나라로 뺄 수도 있어요."

"허… 이거야 원!"

"내가 못할 것 같으세요?"

"우리도 할 수 있는 게 있어요. 아무리 오너라고 해도 국내 자산을 마음대로 뺄 수는 없습니다."

"그걸 막으신다면 미국과 전쟁을 하시게 될 겁니다."

"……."

경제수석이 자리를 털고 일어났다.

이진은 일어나지도 않았다.

칼을 쥔 자는 자신이기 때문이었다.

경제수석이 물러나고 나자 메겐이 들어왔다.
"설탕 둘에 프림 둘인데……."
"아, 그냥 해 본 말이에요."
"한데 왜 그러셨어요?"
"내 앞에서 비서라고 메겐을 무시하면 안 되지. 벌써부터 국민을 섬길 생각보다는 부려 먹을 생각부터 하잖아."
"아이고! 그렇다고 또 그렇게까지……."
"아마 내가 강하게 안 나가면 슬쩍슬쩍 건드리기 시작할 걸?"
"제가 강 회장님께 잘 마무리하시라고 전하겠습니다."
"그래요."
이진은 메겐의 말에 의외로 선선히 대답했다.
이진은 걸릴 것이 없다.
그러나 기업의 입장에서 정부와 틀어져서 좋을 것은 없었다.
어느 정부든 경영자와 사이가 틀어지면 그 아래를 건드린다.
이번이라고 해서 달라질까?
이진은 마찬가지란 걸 잘 알고 있었다.

이틀 후.

이번에는 강우신 테라전자 회장이 청와대로 들어가 경제수석을 만나고 있었다.

"이진 회장 말입니다."

"아! 만나셨다는 이야기 들었습니다. 그 친구가 원래 그래요."

"어떻게 그런 마인드로 테라를 그렇게 키워 왔는지, 원……."

"그 친구야 원래 로열패밀리 아닙니까? 사실 오바마한테도 그래요. 그러니 우리 대통령님이 눈에 보이겠어요?"

"하하하! 그렇긴 하네요. 내 그동안 말 많이 들었습니다. 그 친구, 누가 불러도 내키지 않으면 안 움직인다고 하더군요."

"맞습니다. 하지만 생각해 두셔야 할 게 있어요. 그 친구가 미국 상원의원들에게 영향력이 막강해요. 그러니 가급적이면……."

"그럽시다. 뭐, 어차피 우리 국민도 아니니……."

경제수석의 말에 강우신은 쓴웃음을 삼켜야 했다.

그리고 잔뜩 긴장한 채 기다렸다.

어제저녁 강우신은 성북동에서 저녁을 먹었다.

두 가지 이유였다.

첫째는 메리 앤이 강우신에게 여자를 소개시켜 줬다.

두 번째는 오늘 청와대 초청에 대한 대비 차원의 대화가 오갔다.

이진은 거기서 명확하게 청와대에서 무엇을 요구할 것인가에 대해 이야기를 했다.

그게 맞는지 기다려질 수밖에 없었다.

"우리 대통령님께서는 소득 주도 성장에 관심을 가지고 계십니다."

"아, 예."

강우신은 혀를 내둘렀다.

"그리고 탈원전 및 환경 친화적 성장 주도 사업으로 사업을 재편하시고자 합니다."

"그러시군요."

"물론 테라전자로 인해 많은 부분이 이미 성취된 것이나 다름없습니다. 국민 소득도 그렇고 또 경제적 위상도 이제는 일본보다 위로 올라섰고요."

"감사드립니다."

강우신은 이진의 예상에 혀를 내두르며 고개를 숙였다.

다 이진이 말한 그대로였다.

"이제는 국민들에게 베풀어야 할 때 아니겠습니까?"

"그야 그렇지요."

"그래서 법인세율을 좀 높이고 그로 인해 얻어지는 세수로 복지를 강화하고자 합니다. 우리 의견에 대해 이진 회장에게 의견을 좀 구하고자 한 것인데……."

이 역시 이진의 예상대로였다.

정부는 테라만 따로 떼어 내어 법인세율을 적용하고 싶어 하고 있었다.

하지만 그럴 수는 없으니 일단 대기업 집단의 세율을 조정하고 싶은 것이다.

그러나 이진과 만난 직후 그 말은 쏙 들어갔다.

이진이 당장이라도 방 뺄 세입자처럼 굴었기 때문이었다.

정부는 보증금을 돌려줄 수 없는 집주인 신세였다.

"그건……. 추가로 얻어지는 세수를 어디에 어떻게 쓰느냐에 따라 달라질 수 있는 일입니다."

"그렇습니까? 강 회장님 이야기를 들으니 답답했던 가슴이 펑 뚫리는 것 같습니다."

"그래서 말씀인데… 정부 정책 중 일부가 사실 좀 공허한 부분이 많은지라……."

"예를 들자면요?"

"탈원전과 환경 친화적 에너지 정책이란 것 말입니다. 그게 워낙에 시간이 많이 걸리는 일인 데다가 마땅한 대체 재료가 없는 상황에서 밀어붙이기에는 많은 문제를 품고 있거든요."

"아, 그 문제라면 걱정 마십시오. 지금부터라도 체계적으로 계획을 세우고 실천해 나간다면 분명히 가능한 일이니까요."

"……."
 강우신은 경제수석의 말에 대답하지 못했다.
 이 대답 또한 이진이 예상한 대답이었다.
 하다 보면 되지 않겠느냐는 말.
 영원히 집권할 것처럼 사업을 벌이는 것은 이전 정부부터 있어 오던 일이다.
 그리고 정권이 바뀌면 그것들은 다 휴지 조각이 되어 버린다.
 창조경제센터란 걸 그렇게 많이 건설했는데, 그것들은 이제 명목상 유지하며 혈세나 낭비하다가 사라져 버릴 것이 확실했다.
 그 돈이 다 국민의 혈세 아니냐는 것이 이진의 주장이었다.
 그럼 이번 정부가 다음 선거에서 정권을 지키지 못하면 친환경 에너지 정책과 탈원전 정책은 곧바로 중단될 것이 확실했다.
 그 돈 또한 국민의 혈세.
 더구나 테라는 에너지 시장을 재편할 비장의 한 수를 준비하는 중이었다.
 괜히 세금을 낭비하게 만들 이유는 없었다.
 "그 문제는 우리 강 회장님과 차츰 논의하기로 하고…….
 우리 대통령께서 가장 역점을 두는 사업은……."

'남북 경협이겠지.'

이진은 그렇게 말했다.
그리고 경제수석의 답도 그랬다.
"바로 북한과의 협력입니다. 대립을 끝내고 상호 협력으로 가는 것이지요."
"아! 그야 당연한 일이지요. 한민족 아닙니까?"
"그렇죠? 그런 면에서 볼 때, 이진 회장이 미국 국적이라 그런지 좀……. 북한에는 투자할 의사가 전혀 없으신가요?"
오늘 청와대로 부른 본래의 목적이 이제야 나왔다.
남북 관계에서 역할을 해 줄 기업으로는 테라가 역시 제1순위였다.
글로벌 기업인 데다가 막강한 현금이 있어 사업 여력이 충분하고 또 중국의 시진핑 주석과도 친구처럼 지낸다는 소문도 나돌았다.
그러니 테라가 남북 경협에 나서 주기만 한다면 이번 정부가 목표하고 있는 남북 관계 개선에 주도적 역할을 할 것이 확실했다.
문제는 강우신이 생각할 때 이진은 그럴 생각이 전혀 없다는 것이었다.
"투자는 할 생각이 있다고 유니버스 회장님이 그러시더군요."

"유니버스 회장이라면 메리 앤 회장 아닙니까?"

"예. 제게 하신 말씀으로는 직접 주민들에게 전달만 된다면 북한 주민 전체가 3년 동안 비교적 풍족하게 생활할 수 있는 식량을 제공할 의향이 있다고 하셨습니다."

"예? 3년이나요?"

경제수석은 입을 떡 벌렸다.

2,500만 명에서 3,000만 명으로 추산되는 북한 사람들이 3년간 풍족히 먹을 식량이라면?

그게 얼마나 될까?

테라, 테라 하더니 회장 마누라까지 그렇게 통이 클 줄은 몰랐다.

그래도 혹시나 싶어 물어봐야 했다.

"유니버스 회장님이 결정하신다고 그게 이루어지겠습니까?"

"당연하죠. 이진 그 친구가 좀 공처가거든요. 아마 메리 앤 회장이 한다고 하면 무조건 찬성할 겁니다."

"허허허!"

"한데 문제가 있습니다. 메리 앤 회장의 경우도 지원금이 온전히 북한 주민들에게 돌아갈 것이라고 믿지는 않고 있습니다."

"하하하! 물론 그럴 겁니다. 사실 지난 개성공단 일만 해도 그렇지요."

"그런데도……."
"하지만 어쩔 수 없는 것은 어쩔 수 없는 겁니다. 노력은 해 봐야지요. 노력조차 하지 않는다면 어떤 일이 이루어지겠습니까?"
"……."
강우신은 딱히 뭐라 할 말이 없었다.
노력해 본다는 말이 이렇게 어이없이 들린 적은 없었다.
그럼 그 노력에 들어가는 돈은 어쩌고?
단순한 돈이 아니다.
국민들이 죽자고 일해서 번 돈이다.
그뿐인가?
무엇 하나 사도 세금을 피할 수 없다.
그렇게 거두어들인 돈인데 노력하는 데 쓴다고?
세금을 너무 가볍게 생각하는 건 아닌가?
그러나 강우신은 그렇게 말하지는 못했다.
적어도 강공 일변도인 회장을 대신해 자신은 유연함으로써 길을 하나 터 두는 것이 좋을 것 같았다.
"그럼 그런 뜻을 제가 유니버스 회장님께 전하지요."
"감사드립니다. 기왕이면 먼저 나서 주시는 것도 좋지요. 아마 북쪽에서도 말은 안 하지만 세계 최대 기업인 테라가 투자를 해 주기를 목이 빠지게 기다리고 있을 겁니다."
"그 말씀은 제가 회장님께 전하지요."

강우신은 순순히 경제수석의 말에 호응했다.

경제수석의 표정에 '그럼 그렇지.' 하는 내색이 떠올랐다.

오후 4시.

이진은 일찍 퇴근을 한 후 성북동 자택으로 돌아왔다.

메리 앤은 뭘 하는지 나와 보지도 않는다.

이진은 메리 앤을 찾지 않고 곧바로 주방으로 향했다.

"회장님!"

"예, 요리사님! 오늘 저녁 메뉴를 좀 특별한 것으로 했으면 해서요. 좀 늦었을까요?"

"아닙니다. 한데 혼자 드실 텐데 어떤 요리를……."

"예? 왜 혼자 먹어요?"

이진은 주방장의 말에 깜짝 놀라며 물어야 했다.

입맛도 떨어지고 해서 메리 앤과 맛있는 저녁을 먹으려던 참이었다.

"오늘 사모님께선 외식을 하신다고 하시던데요?"

"그래요?"

이진은 만면에 미소를 머금었다.

어떻게 또 남편 입맛 없는 건 알았는지 외식을 하기로 한 모양이다.

이진은 곧바로 메리 앤을 찾았다.
메리 앤은 이미 화장을 끝내고 외출 준비를 완료한 상태였다.
"벌써 나가게?"
"응. 약속 시간이 5시거든."
"약속 시간?"
"응. 오늘 통일부 장관을 만나기로 했어요."
"뭐?"
이진의 얼굴에 실망감이 스치고 지나갔다.
둘이 오랜만에 외식을 하는 줄 알았는데 아닌 것이다.
한데 통일부 장관을 왜 저녁에 만나는 것일까?
"그쪽에서 외부에서 저녁 식사를 하자고 해서……."
"으음, 몇 살인데?"
"누가? 나?"
"아니, 통일부 장관 말이야."
"호호호! 자기, 설마 질투하는 거야?"
"…아무튼!"
이진은 인상을 구기며 억지를 썼다.
"귀여워. 그런데 잘못 짚으셨어. 1957년생이야."
"당신이 좀 연상 체질 아니었나 싶기도 하고. 내가 어려서 말이야. 흠, 아무튼 58년 개띠도 아니고 57년 닭띠라니?"
 이진의 반응에 메리 앤은 입을 벌린 채 어이없어했다.
 이번엔 이진이 물었다.

"왜?"
"한데 당신은 그런 걸 어떻게 그렇게 바로 알아?"
"뭘?"
"띠 말이야."
"그건……. 아니야. 그냥 아는 거지."
그럴 리가?
박주운은 말띠였고, 이서경은 소띠였다.
그때는 왜 그렇게 띠들을 많이들 따졌는지 모른다.
심지어 소띠와 말띠는 서로 어울리지 않는다는 이유로 처음에 이만식이가 박주운을 반대했었다.
억지였다.
그래서 더 아는 것이다.
지금은 그다지 신경도 쓰지 않는 띠를 그때는 많이 신경 썼었다.
대학생들도 그랬다.

'아저씨, 무슨 띠세요?'
'나? 58년 개띠.'
'난 토끼띠인데……. 개띠하고 토끼띠는 괜찮다던데…….'

이런 식으로 복학생과 여대생의 대화가 오갔었다.
"나도 왜 갑자기 저녁에 만나자는지 모르겠어요. 업무

이야기하기에는 좀 아니지 않나?"

"좀 그러네."

이진도 인정.

물론 통일부 장관을 만나기로는 되어 있었다.

바로 강우신이 청와대 경제수석과의 면담에서 이진 대신 메리 앤을 들이밀었다고(?) 말했으니 당연한 수순이었다.

이진도 반대는 하지 않았다.

유니버스는 국제적 구호 기구나 마찬가지다.

그리고 메리 앤은 유니세프의 임원이기도 했으니.

북한의 기아 문제는 심각한 수준이었다.

이미 지나간 세월이지만 공식적으로도 그랬다.

2000년대 초반, 북한의 최수헌 외무성 부상은 유니세프에 제출한 보고서에서 홍수와 가뭄 등으로 지난 1995년부터 1998년까지 22만 명이 사망했다고 밝혔다.

지금은 좀 달라졌지만 2000년대 후반에도 마찬가지였다.

그리고 지금 역시 북한 어린이들의 기아로 인한 사망률은 세계 11위로 알려져 있었다.

메리 앤이 그걸 나 몰라라 할 리는 없었다.

당장은 예멘에 관심이 가 있었지만, 바로 옆 북한 어린이 기아 문제이니 만나자는 데 선뜻 응한 것이 분명했다.

이진은 메리 앤이 하는 일에 가급적 나서고 싶지 않았다.

그러나 이번 통일부 장관과의 만남에 관한 일에는 나서고 싶었다.

그걸 메리 앤도 눈치챈 것일까?

"해 줄 어드바이스 같은 건 없어요?"

"내 어드바이스는 밥은 집에서 먹자는 건데?"

"자꾸 헛소리할래요? 아무래도 북한 쪽은 당신이 더 잘 알잖아요."

이진은 이때가 기회다 싶었다.

"사실 당장 집이라도 팔아서 주고 싶어. 한데 그게 아이들 입에 돌아간다는 보장이 없어서 그러지 못하는 거지."

이진의 완곡한 표현에 메리 앤은 머리를 끄덕였다.

이진은 추가로 언급하지는 않았다.

그동안 메리 앤의 구호 정책이 합리적이었기 때문이었다.

"그럼 나 다녀올게요."

"그래. 외식 잘해. 난 여기서 신라면 끓여 먹을게."

"갑자기 왜 앓는 소리? 그리고 난 신라면보다 너구리가 더 좋더라."

메리 앤은 자기 취향을 적극적으로 밝히며 방문을 열고 나섰다.

성북동은 더 조용해졌다.

약속 장소는 안국동의 한정식집이었다.

문 앞에 도착하자 정장 차림을 한 남자들이 이곳저곳 눈에 들어왔다.

그리고 57년생 통일부 장관이 문 앞까지 나와 메리 앤을 맞이했다.

"어서 오세요."

"안녕하세요. 메리 앤입니다. 한데 다른 손님도 계신 듯하네요."

메리 앤이 주변을 돌아보며 말했다.

메리 앤의 경호요원들과 다른 경호요원들이 눈싸움을 하고 있었다.

"미리 말씀을 못 드렸습니다. 영부인께서 와 계십니다."

"아!"

대통령 영부인이 와 있다는 말이었다.

메리 앤은 짧게 한마디를 한 후 경호원들에게 손짓을 했다.

그리고 통일부 장관을 따라 안으로 들어갔다.

"어서 오세요. TV에서 볼 때보다 더 젊고 미인이시네요."

"감사합니다. 이렇게 뵙게 되네요."

정권이 바뀌고 나서 대통령 영부인과는 처음이었다.

전직 대통령과는 사석은 아니지만 공식적인 자리에서는 몇 번 얼굴을 마주친 적이 있었다.

짧은 인사가 끝이 나자 메리 앤이 자리에 앉았다.

그리고 불쾌해졌다.

사실 메리 앤은 북한 어린이 기아 문제에 대해 의논하기로 해서 나왔는데 대통령 영부인이라니?

그러나 대외적으로 외부 활동을 거의 하지 않고 있는 대통령 영부인을 만나는 것도 자주 있는 일은 아닐 터.

"영부인께서도 굉장히 젊으세요. 제가 알기로 미셸보다 위이실 텐데 비슷해 보여요."

메리 앤이 기를 죽이고 나섰다.

여기서 미셸은 당연히 미셸 오바마였다.

"호호호! 고마워요. 미국 대통령 영부인님과는 친하다는 소리를 들었어요. 만나면 주로 무슨 이야기를 하세요?"

"호호! 그야 뻔하죠."

"뻔하다니요?"

"남편 홍보는 이야기죠."

"호호호! 그럼 오늘 이 자리에서 우리 대통령님과 테라 회장님 흉을 봐야 하는 건가요?"

삽시간에 오간 농담 덕분인지 분위기는 조금 누그러졌다.

이때다 싶었는지 통일부 장관이 나섰다.

"제가 오늘 북한 구호 문제를 유니버스 회장님과 의논한다고 했더니 영부인께서 동행을 요청하셨습니다."

"아, 그러셨군요."

메리 앤은 간단히 고개를 끄덕였다.

"오랫동안 활동하고 계시니 보고 들으면 뭔가 배울 것이 있을 것 같아서 제가 장관님께 청을 넣었어요. 괜찮죠?"

"물론입니다, 영부인님!"

"호칭이 너무 딱딱하네요."

"그렇다고 제가 미셸처럼 이름을 부를 수도 없고, 또 한국에서 그럼 실례라고……."

메리 앤의 발언은 참 묘했다.

금방 살가워지던 분위기가 바로 다시 경직되었다.

곧 한정식 코스 요리들이 안으로 들어오기 시작했다.

그나마 다행이었다.

메리 앤은 차라리 집에서 이진과 신라면을 끓여 먹는 게 나았겠다 싶었다.

"입맛이 없으신가 봐요?"

"예. 제가 바깥 음식을 잘 안 먹어서요."

"하기야 성북동 요리사분들이 세계 최고 셰프들이시니……. 그래서 말인데, 전 이렇게 맛있는 걸 먹을 때마다 북한 어린이들 생각이 나요."

"……."

"이 음식을 아이들에게 가져다주면 얼마나 맛있게 먹을까 하는……."

"영부인께서 마음 씀씀이가 이러십니다."

잘하면 울고불고할 태세였다.

거의 신파극이었다.

그러나 메리 앤은 그렇게 녹록하지 않았다.

테라가 언더커버였던, 그리고 본인이 8살이었던 때부터 심리 기법을 터득한 메리 앤.

"기왕 이야기가 나왔으니 말인데, 우리 그이가 북한에 3년 분 식량을 제공할 의향이 있다고 하셨다면서요?"

"예. 경제수석에게 들었습니다. 참 통이 크십니다. 그만한 양이면 미국 정부도 엄두도 못 낼 물량인데요."

통일부 장관의 말이 나오기 무섭게 영부인이 나섰다.

"그럼 뭘 망설여요? 주시면 받아서 아이들 밥은 먹여야지요."

"그게 조건이 달려 있는지라······."

"아이들 밥 먹이는 데 조건이라니요?"

이건 뭐지?

메리 앤은 대화가 이상하게 오간다는 생각이 들었다.

이진이 내건 조건이야 당연히 듣지 못했어도 추측할 수 있었다.

그건 확실한 분배였을 것이다.

테라의 관리 감독하에 북한 정권에서 지원된 식량을 북한 주민들에게 모두 나누어 주는 전제 조건 말이다.

그건 테라 유니버스도 마찬가지였다.

아프리카라고 해서 북한보다 나을 것이 없다.

오히려 북한보다 더하다.

한동안 유니세프나 다른 구호 단체들에서 들어가는 구호품들은 아프리카 군부들이 독차지한 후 그걸 되팔아 무기를 사들이고 사치를 일삼았다.

이 문제에 대한 대응에는 여러 가지 의견이 엇갈렸다.

온건파는 그렇게라도 하다 보면 더 나아질 것이니 한 명이라도 살리자고 주장했다.

강경파는 구호 단체가 직접 배급을 집행하도록 하지 않으면 지원을 하지 말아야 한다고 주장했다.

처음에는 메리 앤도 온건파의 주장에 힘을 실었었다.

일단은 살리고 보자고 말이다.

그러나 나중에 생각해 보니 강경파의 주장이 옳았다.

그렇게 흘러들어간 구호품이 무기로 바뀐 후 살려 낸 아이 손에 AK소총을 쥐여 준다는 것을 알았기 때문이었다.

그래서 메리 앤은 지금도 그 문제로 골머리를 앓고 있었다.

그런데 지금 영부인이 하는 말은 온건파들의 주장에 힘을 싣는 것이나 다름없었다.

아니면 정말 순진하든가 말이다.

그러나 그럴 리는 없다는 것도 메리 앤은 알고 있었.

가만 보니 자신을 무시하고 감성에 호소하려는 것이 분명했다.

'날 껌으로 보나?'

평소 이진이 하던 농담이 생각날 정도였다.

메리 앤이 입을 열었다.

"김정은이 구호 물품의 집행을 투명하게 진행한다고만 하면 당장이라도 지원할 수 있어요."

"와우! 대단하시네요. 그럼 망설일 게 뭐예요?"

"구호 물품과 우리 배급 인력이 들어가야 해요. 또 그 물품들을 정말 일반 주민들이 소모하는지 라벨을 통해 추적할 생각입니다."

"……."

메리 앤의 말에 영부인이 입을 다물었다.

그러자 통일부 장관이 물었다.

"라벨이라면?"

"모든 우리 테라 구호 물품에는 작은 단위까지 라벨이 붙어요. 그리고 그 라벨의 움직임을 위성에서 실시간으로 관찰할 수 있어요. 테라전자의 기술이에요."

"대단하군요."

"예. 저희 유니버스가 그 대가로 테라전자에 매년 2억 테라 페이를 지불하고 있어요."

1달러당 1테라 페이가 공식 환율이나 다름없었다.

그리고 원화로는 고정되어 1,000원이 1테라 페이로 유통된다.

그러니 2억 테라 페이라면 2,000억 원이란 소리였다.

"그, 그러시군요."
"그걸 김정은이 허락한다면 바로 시작할 용의가 있습니다. 우리끼리 이야기인데, 그 자식이 그렇게 할까요?"

메리 앤은 화사하게 웃으며 말을 끝마쳤지만, 영부인과 통일부 장관의 안색은 구겨질 대로 구겨졌다.

그러나 영부인은 곧바로 표정을 바꾸었다.

그리고 말한다.

"꽤나 이상적이시네요?"
"어째서요? 영부인님!"
"현실적으로 그렇게 하기에는 여러 가지 난제가 있다는 건 오히려 회장님이 잘 아실 거예요."
"물론 압니다."
"그럼 그 가운데에서라도 보다 나은 길을 찾아야 하지 않을까요?"
"예컨대요?"

메리 앤은 경청하겠다는 자세로 물었다.

"어찌 되었든 간에 우리는 그쪽 입맛에 맞출 수밖에 없어요. 일단은 먼저 필요한 것을 제공하고 하나씩 풀어 가는 거죠."

메리 앤은 살짝 눈꼬리를 치켜떴다.

"이해가 안 되세요?"
"예."

되묻는 영부인의 말에 메리 앤은 가감 없이 대답했다.

그건 자기 것을 내놓을 필요가 없는 정치인의 마인드란 생각이 들었다.

"어떤 부분이 이해가 안 되세요?"

"영부인님!"

통일부 장관이 말리고 나섰다. 그러나 이미 논쟁에는 불이 붙은 후였다.

"우리는 구호 물품을 제공하고 무엇을 얻게 되나요?"

"그거야……. 테라 유니버스는 국제 구호 단체잖아요. 한데 우리 민족끼리 꼭 무얼 얻어야 하는 건가요?"

"호호호! 영부인님, 지금 말씀은 안 들은 것으로 해야겠네요."

"어째서요?"

"우리 테라는 어떤 사업이든 이유 없이 해 본 적이 없습니다."

"구호 사업도요?"

"당연하죠. 구호 사업의 혜택을 통해 좀 더 나은 생활환경이 조성되면 그분들이 우리 테라 제품을 사용할 경제력을 얻을 수 있기 때문에 구호 사업을 하는 거예요."

"아!"

영부인의 말이 끊겼다.

설마 세계 최대 구호 단체의 총수가 그런 말을 할 줄은 몰랐던 것이다.

"우리 테라 유니버스는 유니세프와는 달라요. 유니세프는 UN 지원금과 모금을 통해 사업을 하지만, 우린 순수 우리 가족 자본으로 사업을 합니다."

"그렇긴 하지요."

"그래서 말씀인데, 먼저 북한 정권에서 우리에게 무얼 제공할 수 있는지부터 물어봐야 할 것 같습니다."

메리 앤의 말에 통일부 장관이 나섰다.

"제가 알기로는 이미 뉴욕에서 한 차례 접촉이 있었다고 들었습니다만."

"그런데 북쪽에서 거부했죠. 이 상태에서라면 저희는 더 이상 도와드릴 수가 없어요."

"인도주의적 차원에서도요?"

영부인이 끈질기게 묻는다.

"예. 인도주의적 차원의 지원이 무기가 될 수도 있으니까요. 명백히 미국 정부는 자국 기업의 생산품이 북한에 흘러들어가는 걸 보고만 있지는 않을 겁니다."

"그래서… 그래서 한국인인 이진 회장님께 부탁드리려는 것인데……."

메리 앤이 미국 정부의 대북 금수 조치까지 들먹이자 영부인이 한탄에 가까운 목소리를 내뱉었다.

메리 앤은 이해할 수가 없었다.

왜 이렇게 서두르는 것일까?

아마 한국 기업이었다면 이런 제안 자체가 불가능했을 것이다.

청와대에서 사기업에 북한을 지원하도록 압력을 넣는 것이나 다름없었다.

정말 이들은 자신들의 신념을 국민들의 신념이라고 착각하는 것일까?

전 정권도 그랬지만, 이 정권 역시 마찬가지란 생각이 들었다.

그래도 미국에서는 이렇게까지 하지는 않았다.

상원과 하원에 로비를 하지만 어느 쪽에 치우치지 않아도 그들은 그걸 인정했다.

그런데 한국의 정치는 전혀 다르다.

어느 쪽에 붙어도 화는 돌아오게 되어 있다.

그래서 이진은 농담 삼아 메리 앤에게 이렇게 말했다.

'재떨이로 흥한 놈, 재떨이로 망하는 거야. 그게 한국 정치야.'

정말 그런 모양이란 생각이 들었다.

국민들의 의식에 비해 정치인들의 정치 행위가 미개하다고 봐야 할 정도였다.

해묵은 이념 논쟁이나 하면서 세력을 규합하는 정치가 얼마나 갈까?

말로는 통합, 통합 하지만 단 한 번도, 어떤 정권도 통합을 실천한 적은 없었다.

그러면서 매일 국민 탓.

메리 앤은 슬그머니 짜증이 났다.

겸손한 성격의 그녀조차도 이 자리가 불편했다.

빨리 마무리를 지어야겠다는 생각이 들었다.

이럴 때는 남편을 팔아먹는 것이 가장 빨랐다.

"제가 테라 유니버스 회장이긴 하지만 남편이 대주주예요. 아마 남편 허락 없이는 단 한 푼도 집행이 어려울 거예요."

자리는 그렇게 끝이 났다.

비공식적이긴 했지만 그래도 이번 정권과의 첫 단추는 어긋나고 말았다.

이진은 귀가하는 메리 앤의 표정에서 그걸 확인할 수 있었다.

"다녀왔어?"

"설마 정말 라면 끓여 먹은 건 아니지?"

"그럴 리가……. 저녁 못 먹었으면 같이할까?"

이진의 말에 메리 앤이 화사하게 웃었다.
이진은 곧바로 메리 앤의 손을 이끌어 식당으로 향했다.
식당에는 맛있는 송어 요리가 기다리고 있었다.
"어떻게 알았어?"
"뭘?"
"나 밥 못 먹고 올 거 말이야."
"빤하지. 우린 사업가인데 영양가 없는 이야기만 들었을 것 아니야. 밥이 넘어가겠어?"
"풋!"
메리 앤이 서둘러 젓가락을 들며 웃었다.
셰프와 메이드들까지 따라 웃었다.
차라리 메리 앤이 정치를 하면 국민들도 저렇게 웃을 수 있지 않을까?
이진은 그런 생각이 들었다.
한국의 정치인들은 미래지향적이지 못했다.
그리고 안목도 없었다.
늘 닥치고 나서야 수습하느라 진땀을 빼곤 한다.
그 정도면 직무 유기 아닌가?
"천천히 먹어. 북한 이야기 했지?"
"웅! 근데 좀 도와줘도 되는 거 아니야?"
메리 앤의 표정만 봐도 어떻게 하고 왔는지 알 수 있었다.
그런데 딴소리다.

이진은 그냥 아무 말 없이 젓가락을 놀렸다.

그러자 메리 앤이 슬그머니 걱정을 드러냈다.

"이번 정부와도 좋게 지내긴 틀렸는데······."

"그게 무슨 상관있어?"

"그래도······. 자기 나라잖아. 애들도 한국인인 거고."

메리 앤의 표현에 셰프와 메이드들도 안타까운 표정들을 지었다.

"왜 그래? 나만 매국노를 만드네?"

"매국노라니? 팔아먹을 나라도 없으면서······."

이진은 메리 앤의 말에 쓴웃음을 지어야 했다.

"어쨌든 이번 정부 대북 정책에는 절대 협조하지 마. 그래 봐야 김씨 가문 좋은 일만 시키는 거야."

"그러다 미운털이라도 박히면?"

"누가 우리한테 미운털을 박아? 나도 다 생각이 있어."

"무슨 생각?"

메리 앤이 물었다.

이진도 생각이 있었다.

내 나라다. 그걸 바꿀 수는 없다.

때로는 내 나라에서 지친 사람들이 모든 걸 포기하고 이민을 떠난다.

그러나 얼마 못 가 어쩔 수 없이 내 나라를 그리워할 수밖에 없다.

정체성이란 그런 것이다.

그러나 그런 정체성은 이제 점점 확장일로에 있었다.

세계가 하나로 묶여지면서 나라, 민족, 인종, 문화의 경계는 점점 허물어져 가게 될 것이다.

이미 유럽 대부분의 나라들은 그렇게 하나로 묶여 가고 있었다.

물론 문제는 많다.

그러나 인류 역사상 문제없었던 시기가 있었던가?

곧 그런 문제들은 새로운 기술과 혁신으로 인해 점점 사라지게 될 것이다.

다만 그런 변화의 과정에서 조국인 대한민국이 좀 덜 고통스럽기를 바랄 뿐이었다.

그러려면 정치가 달라져야 한다.

말로 하는 정치에서 실제 보여 주는 정치가 되어야 한다.

이진은 그걸 꿈꾸고 있었다.

이진이 볼 때 지금은 과도기였다.

과도기에는 늘 세력들이 첨예하게 대립하게 된다.

그러나 그 대립은 새로운 혁신만이 종료시킬 수 있다.

사람들이 생각조차 하지 못했던 거대한 혁명 말이다.

"너무 신경 쓰지 마. 다음부터는 가지도 마. 괜히 걱정거리만 생겨."

"……."

메리 앤은 가만히 머리를 끄덕였다.

셰프 세바스티앙이 요리를 내오며 은근한 목소리로 말을 꺼냈다.

"참 이상한 게 있습니다."

"뭐가요?"

"제가 만약 두 분이라면 아무 걱정도 안 할 것 같아서요."

"왜요?"

메리 앤이 젓가락을 놀리며 물었다.

"그야 누구도 두 분을 건드릴 수 없기 때문이죠. 심지어 우리나라에서도 제가 들은 바로는 테라와의 우호를 우방과의 우호보다 우선시한다는데요."

"그야……."

"그리고 우리나라도 옆 나라랑 역사적으로 서로 죽고 죽이고 살았습니다. 그런데 이제는 잘 살고 있네요. 아마 남북한도 그렇게 되지 않을까요? 일본과도 그렇고요."

"할 말 없네요. 아마 영국과 프랑스가 벌인 역사적 전쟁으로 죽은 사람만 해도 엄청나긴 하겠어요."

"그러네. 100년 전쟁에 7년 전쟁, 나폴레옹 전쟁, 식민지 전쟁……. 우리하고 일본은 댈 것도 아니네."

"정말? 그런데 어떻게 지금은 그렇게 잘 지낼 수 있을까요?"

메리 앤도 동의하는 모양이었다.

그 정도면…….

설마 그 전쟁들을 한국과 일본이 치렀다면?

서로 쳐다보지도 않을 정도의 사이가 되지 않았겠는가?

따지고 보면 앙숙도 그런 앙숙이 없었다.

그런데 지금은 어떤가?

속은 어떤지 몰라도 서로 그다지 사이가 나쁘지는 않다.

"잘 지내는 건 아닙니다. 사실 말이 나와서 말이지, 영국 놈들은 까야 제맛입니다."

"호호호!"

메리 앤이 셰프 세바스티앙의 말에 웃음을 터트렸다.

"아마 영국 놈들도 그렇게 생각할 겁니다."

"그런데 지금은 그다지 사이가 나쁘지는 않잖아요?"

메리 앤이 세바스티앙에게 물었다.

"나쁩니다."

"예?"

"좋은 척하는 거죠."

"왜요?"

"같이 말아먹을 뻔한 적이 두 번이나 있었거든요."

"아!"

이진은 세바스티앙의 말뜻을 눈치챘다.

"호호호호! 정말 재미있으셔."

메리 앤이 거의 눈물을 흘릴 정도로 웃어 댔다.

"그 이야기 아십니까? 디스크월드의 작가 테리 프랫챗이 프랑스인 와이프에게 물었답니다."

"뭐라고요?"

"우리나라하고 프랑스하고 전쟁을 시작하려면 얼마나 걸릴까 하는 질문이었습니다."

"대답이 뭐였는데요?"

"20초라고 답했답니다."

"오호호호!"

메리 앤이 배꼽을 잡았다.

"그런데 지금은 다릅니다. 아마 영국과 전쟁을 하자고 말하거나 서로 빼앗긴 문화유산을 탈환하자고 하면 미친 놈 소리를 들을 겁니다."

"왜요?"

이진도 듣다 보니 관심이 갔다.

물론 역사를 몰라서가 아니다.

단순히 한국 역시 매번 일본과 빼앗긴 유산 문제, 전쟁 배상 문제, 위안부 문제, 영토 문제로 골머리를 앓고 있기 때문이었다.

그걸 세바스티앙은 어떻게 설명할까 궁금해졌다.

"아까 말씀드렸지만, 그러다가 벌써 두 번이나 유럽 전체를 말아먹을 뻔했거든요."

"호호호! 세계대전 말이죠?"

"예. 그러고 나니 서유럽 나라들은 웬만하면 서로를 비난하지 않게 되었죠. 언제 서로를 필요로 하게 될지 모르니까요."
"아하? 정말 그러네요."
메리 앤이 수긍하고 나섰다.
이진도 동의했다.
아직 한국과 일본은 그런 아픈 역사를 겪지 못한 것이다.
서로 다투다 동아시아를 말아먹을 뻔한 경험 말이다.
어쩌면 단순하게도 세바스티앙의 말대로 그래서 한국과 일본은 아직까지 서로를 믿지 못해 싸우고 있는지도 모를 일이었다.
이진도 기억나는 것이 있었다.
한중일은 서로 주먹을 휘두르면서 '개새끼야!'라고 소리치는 것이고, 영프독은 어깨를 토닥거려 가며 '개새끼야.'라고 소리치는 것이란 말 말이다.
어쨌거나 세상에서 가장 나쁜 나라가 일본이거나 북한이어서는 안 된다는 것은 분명했다.
지구상에 서로를 그렇게 생각하는 나라들은 의외로 많을 것이니 말이다.
이런 패러다임을 벗어나는 것, 그것이 중요했다.
자식들에게 싸움터를 유산으로 물려주지 않으려면 말이다.

"그래요. 정치적 문제에서 좀 멀어져야 할 것 같아요. 더는 정치인들 안 만날래요."

메리 앤이 세바스티앙의 말을 듣더니 단언을 했다.

"그래. 여기서 더 나아가지 않으면 그다지 나쁜 사이가 되지는 않을 거야."

이진은 메리 앤의 어깨에 손을 얹으며 격려를 했다.

그러나 메리 앤이 이진을 바라보며 일격을 날렸다.

"방귀 뀐 놈이 성낸다더니……."

"그게 무슨 소리야?"

"내가 거길 왜 갔겠어요? 자기가 정부하고 관계를 어렵게 만드니까 어떻게 해 보려고 간 거지……."

"내가 언제 그랬다고? 그리고 그런 말을 비유할 때는……."

갑자기 속담이 생각나지 않은 이진.

세바스티앙이 대신했다.

"도둑이 제 발 저린다, 가 아닐까요?"

"맞아요. 셰프님은 어떻게 그런 말까지 알아요?"

"제 와이프가 한국 사람 아니겠습니까?"

"그러네. 한데 내 남자도 한국 사람인데, 난 왜 잘 모를까요?"

이진은 메리 앤의 말에 어이가 없었다.

그리고 저 비유들이 과연 맞는 표현일까 고민에 들어가야 했다.

제3장

함부르크 회담

재벌집 망나니
7대독자

"허! 요놈 봐라?"

이진은 아침에 출근해 뉴스를 검색하다가 하도 기가 막혀 혼잣말을 중얼거렸다.

"어떤 놈 말씀이십니까?"

메겐이 차를 가지고 들어오다가 물었다.

"그런 놈 있어요."

"아, 예. 그러시겠죠."

왜 저러지?

메겐이 고개를 끄덕이더니 찻잔을 내려놓고 나간다.

이진은 뭔가 이상했지만, 더 이상 말을 하지 않았다.

메겐은 과거 뉴욕 이스트사이드 시절에 메리 앤의 보좌

역으로 시작했다.

친이진 성향이라기보다는 친메리 성향인 것만은 분명했다.

마흔이 넘은 올드미스.

그렇지만 보기에는 잘 쳐줘야 30살 안팎으로 보인다.

거의 기적의 동안이었다.

백인치고는 작은 키여서 더 어려 보였다.

이진이 신문 기사를 보고 어이없어한 이유는 한동우 검사장 때문이었다.

놀랍게도 한동우가 차기 검찰총장으로 거론되고 있었던 것이다.

인물이 없기는 없는 모양이었다.

새 정권은 초기부터 인사 난맥에 부딪쳤다.

새 대통령은 대선 과정에서 지난 정부의 인사를 비판하며 5대 원칙을 내걸었다.

위장 전입, 논문 표절, 세금 탈루, 병역 면탈, 부동산 투기 중 하나라도 위반할 경우엔 고위 공직자로 등용하지 않겠다는 원칙을 세웠다.

대통령 스스로가 그렇게 말했다.

직접 청와대 내 인사 시스템과 국회의 인사청문회에서 엄격한 검증을 거칠 것이라고 공언했다.

그러나 그 원칙은 제대로 지켜지지 않았다.

총리부터 시작해 열에 여섯 이상이 다섯 가지 원칙을 위반한 상황에서 임명이 강행된 것이다.

그리고 이제는 검찰총장을 바꾸는 단계에 와 있었다.

그 과정에 한동우가 거론되고 있는 것이다.

"와타나베 다카기 좀 들어오라고 하세요."

(아, 예.)

이진은 인터폰을 들어 메겐에게 지시를 내렸다.

그런데 대답이 두 글자다.

게다가 한국어.

보통은 'Yes, Sir!'로 답하던 메겐.

"저기… 혹시 내가 뭐 잘못한 거 있어요?"

(그럴 리가요? 그리고 설사 그렇다고 해도 회장님이신데 한낱 비서인 제가…….)

"쿨럭! 알겠어요."

이진은 하도 어이가 없어 인터폰을 내려놓았다.

잠시 후, 와타나베 다카기가 나타났다.

"한동우하고 정일영 보도국장은 어떻게 되어 가고 있어요?"

"정일영 보도국장은 돈 쓰는 재미가 쏠쏠한 모양입니다. 보낸 돈으로 땅도 사고 아파트도 매입하고 했습니다."

"흠! 그 돈, 괜찮은 거죠?"

"예. 미국 은행에 예치되어 있던 원화를 바꿔 반입한 자금입니다."
"그럼 됐고. 진행은요?"
이진은 일이 어느 정도 진척되었는지 물었다.
"정일영이 한동우를 죽자고 파고 있습니다. 곧 한동우의 비리를 싸 들고 올 겁니다."
"그럼 한동우가 눈치챘겠네요?"
"역시! 예. 이미 정일영과 한 번 만났습니다."
이진은 씽긋 웃었다.
한동우가 일방적으로 몰리는 추세일 것이다.
한동우는 공무원이고 정일영은 일반인이니 사실 비교할 것도 아니었다.
한동우에게 죄가 되는 것이 정일영에게는 죄가 되지 않는 것이 태반일 테니 말이다.
"다음 단계는요?"
"곧 한동우에게 정일영이 은닉한 재산들에 대해 제보를 할 예정입니다."
"그거 괜찮네요."
"하하하! 회장님이 지시하신 것인데 당연하지요. 그러고 나면 한동우가 정일영을 잡아 처넣으려고 할 겁니다. 그럼 정일영은 한동우에 대한 정보를 저희에게 넘길 겁니다."
"왜 NBS에는 안 넘기고요?"
"정일영이 NBS 보도국장이긴 하지만 사장은 아닙니다.

사장이 친여권이니 아마 검찰총장 후보로 거론되는 한동우에 대한 문제를 공개적으로 거론하지는 못할 겁니다."

"그럼 우리가 거론한다?"

"예. 이미 시나리오가 완성된 상태입니다. 기다리고만 있습니다."

와타나베 다카기가 하는 일은 대부분 완벽하다.

그러나 이번만큼은 이진이 더 완벽하고 싶었다.

돈에 팔려 박주운을 죽도록 만든 두 놈에게 죽는 것보다 더한 고통을 맛보게 하고 싶었다.

"좀 더 디테일하게, 그리고 최대한 고통스럽도록 한번 해 봐요."

"…예. 한데, 회장님!"

"예. 말씀하세요."

"이번 일은 회장님 스타일과도, 스케일과도 너무 동떨어져 있습니다. 지금 하신 말씀도 그렇고요."

와타나베 다카기가 직언을 했다.

가만 생각해 보니 의문을 가질 만도 했다.

심지어 이만식에게도 이렇게까지 뒤로 무언가를 꾸며 가면서 복수를 하지는 않았다.

그러나 지금은 그러고 싶었다.

돈과 권력 앞에 한 사람의 목숨을 팔아넘긴 놈들이다.

빤히 이만식이 어찌 나올지 알면서도 말이다.

더구나 한동우의 경우는 범죄 행위를 기소하는 검사였다. 그런 자가 살인을 방조한 것이나 다름없었다.

"아주 나쁜 놈들이에요. 두 놈은 누군가 죽을 것을 알면서도 그걸 방조했어요."

"증거를 가지고 있으십니까?"

"그건 아니고요."

증거가 어째서 필요한가?

그건 이미 스스로 겪은 일인데 말이다.

"아무튼 이번 일은 좀 확실히 하죠. 두 놈은 반드시 절망을 맛보고 죽어도 죽어야 해요."

"예, 명심하겠습니다."

"그럼 수고해 줘요."

와타나베 다카키가 나가자마자 곧바로 강우신이 들어왔다.

강우신은 테라의 에너지 사업을 직접 관리, 감독하고 있었다.

에너지 사업은 현재 가장 힘을 쏟는 사업으로, 향후 테라의 명운을 가를 수 있는 중요 사업이었다.

"어서 와, 형!"

"언제까지 형이라고 하시려고요?"

"거참, 새삼스럽게……. 그나저나 메리가 소개시켜 준 여자는 어때?"

"만나고 있습니다."

강우신은 단답형으로 대답했다.

별 마음이 없는 것인지 아니면 바빠서 제대로 사귈 기회를 가지지 못한 것인지 알 수 없었다.

"3차 가정용 다이나모 테스트가 끝났습니다. 완벽합니다. 더 이상 전기 에너지나 가스 에너지를 사용하지 않고도 냉난방에서 전기 기구 사용까지 가능합니다."

이진은 고개를 끄덕였다.

산업용 다이나모는 이미 완벽히 가동되고 있었다.

그리고 시험 삼아 설치한 성북동 저택의 다이나모 역시 완벽하게 구동된다.

그래도 더 완벽을 기하기 위해서, 그리고 현재의 주택 시스템에 맞추기 위해서 연구에 연구를 거듭했다.

심지어 별도의 건설 회사를 설립해 아파트까지 지었다.

모두 다이나모를 위해서였다.

이제 남은 것은 이걸 언제 공표하느냐는 것이었다.

이진은 테라 타워에 다이나모 에너지 시스템을 도입할 생각이었다.

그걸 포문으로 일반 주택용 보일러 대체로 가정용 다이나모를 공급할 예정이었다.

아무런 에너지원 없이 스스로 구동하여 에너지를 생산하는 다이나모는 인류가 꿈에 그리던 에너지 시스템이었다.

"한데 그걸 꼭 테라 타워에 먼저 적용할 필요가 있을까요? 당장 시장에 내놓아도……. 물론 문제가 있긴 있지만, 그래도 모든 사람이 혜택을 받게 될 겁니다."

"적어도 얼어 죽거나 더워서 죽는 사람은 줄어들겠지. 그런데 정부들이 그걸 보고만 있을까?"

"가만있지는 않겠지요. 하지만 모두에게 유익한 일인데……. 제가 현장에만 있어서인지 감각이 둔해졌네요."

말을 이어 가던 강우신이 자신의 실수를 인정했다.

다이나모만 보면 정말 이런 것을 왜 하루바삐 시장화하지 않는지 의문이 들 수밖에 없다.

그러나 다이나모는 현재의 시장 질서와 국제 질서에 곧바로 엄청난 영향을 미치게 될 것이 확실했다.

테라는 아마 엄청난 공격에 직면할 것이고, 그건 절대 이길 수 없는 싸움이었다.

이 싸움을 승리로 이끌려면 보완이 필요했다.

시기도 맞아야 한다.

한국의 민주주의의 발전을 바라볼 때, 어느 한 시점을 민주주의의 꽃을 피우기 시작한 시점으로 보는 견해들이 많다.

4.19나 광주 항쟁, 혹은 6.10 같은 기점 말이다.

그러나 그건 어디까지나 다른 주변 환경들이 그것들을 뒷받침해 주었기 때문에 이루어진 일이었다.

1987년의 6.10 항쟁 역시 한국의 경제 규모가 60년대 초반에 머물렀다면 절대 일어날 수 없는 일이었다.

인간은 먹고살아야 한다.

그게 뒷받침되어 주지 않는다면 아무리 대단한 이상도 실현될 수 없다.

아무도 그 이야기에 귀 기울이지 않을 것이기 때문이다.

그 이야기가 대단히 정의롭고 또 당연한 것이라고 해도 말이다.

그리고 문제는 또 있었다.

적어도 박주운이 경험했던 시간까지는 그런 일은 일어나지 않는다는 것이다.

아마도 그래서 황동철을 통해 베이징행 비행기 안에서 이진에게 경고를 한 것인지도 몰랐다.

"테라 타워를 완공하는 데 시간이 얼마나 걸릴까?"

"자금은 충분하고, 인력과 특수 장비를 총동원하면 발주 후 2년 7개월에서 3년 정도?"

100층이 넘는 빌딩을 2년 7개월이면 완성할 수 있단 뜻이다.

이 또한 기념비적인 업적이 될 것이 분명했다.

물론 업적을 쌓으려 그리하는 것은 아니다.

돌이킬 수 없게 만들려는 의도였다.

"그렇게 완벽하다면 계획을 조금만 더 확대하자고."

"확대요? 지금 사업만 해도 경이적인 사업이 될 것인데……."

함부르크 회담 • 73

"사업을 확대하고 그 기간 동안 안정성 테스트를 계속 진행하자고. 그러다 보면 뭔가 문제가 나올 수도 있잖아?"
"그것도 나쁘진 않군요. 그럼 어떻게……."
이진은 메젠을 불러 펜과 종이를 가져오도록 지시했다.
메젠이 빨간 펜과 A4 용지를 내려놓고는 입을 삐죽거리며 나간다.
"왜 저럽니까?"
"봤지? 형도 봤지? 대체 왜 저러는 거야?"

오후가 되자 이진의 출국 전 마지막 미팅을 메젠이 보고했다.
당장 내일 함부르크에서 열리는 G20 회의에 초청자 자격으로 참석하도록 되어 있었다.
"지금 나가셔야 합니다."
"어딜요?"
"테라 엔터테인먼트에서 주최하는 영화 제작 발표회에 참석하시지 않습니까?"
"그래요? 서찬이 이 자식, 드디어 제대로 시작하나?"
이진은 기꺼운 마음에 슈트를 받아 걸쳤다.
"다 아시면서……. 좋으시겠습니다."

"알긴 알았죠. 근데 오늘인지는 몰랐네요. 서찬이 소식 기다린 지 오래되었어요."

"아무리 좋으셔도 너무 티는 내지 마십시오."

"내가 뭘 티를 냈다고……. 어서 가죠."

이진은 일단 송서찬이 영화를 제작한다는 사실에 기뻐 더 묻지 않고 차에 올랐다.

제작 발표회는 테라 엔터테인먼트 본사가 아닌 충무로에서 열리도록 예정되어 있었다.

차에 오르자마자 메겐이 테라패드를 내밀었다.

"이번 영화 정보입니다."

이진은 패드를 받아 확인을 시작했다.

제작비만 16억 테라 페이, 곧 16억 달러란 소리였다.

초유의 제작비가 투자된 블록버스터였다.

제작은 테라 엔터테인먼트가 설립한 테라 스튜디오와 마불이 맡았다.

대충 살펴본 이진은 패드를 다시 메겐에게 건넸다.

"출연 예정인 배우들은 안 보십니까?"

"그걸 뭐 하러 봐요."

"그러시겠죠. 이미 알고 계실 테니까요."

"예?"

이진은 메겐의 말에 다시 패드를 낚아챘다.

"어머나! 왜 이러십니까?"

"끄응, 안 본 게 있어서 그래요."

메겐의 어이없는 반응에 이진은 한마디 하고는 다시 패드에서 출연진을 찾았다.

한국 배우로는 서예지, 그리고 한영연.

둘 다 톱 배우였다.

그러나 이진은 만난 적도 없고, 본 적도 없었다.

그다음 외국 배우로 주연을 맡은 배우는…….

'제니퍼 로렌?'

이 이름은 어디서 많이 들어 본 이름이었다.

그제야 이진은 메겐이 왜 하루 종일 퉁퉁 부어 있었는지 알 수 있었다.

이진의 과거 연인으로 알려진 제니퍼 로렌이 영화의 주연 배우로 발탁된 것이었다.

'서찬이 이 자식! 하필…….'

이진은 곧바로 똥 씹은 표정이 되었다.

"이미 알고 계실 테니 여러 말씀 드리지 않겠습니다. 아무리 좋으시더라도 여사님 앞에서는 좀 자제를 부탁드립니다."

"내가 뭘 어쨌다고……. 나, 아니에요."

"저도 그렇게 생각합니다. 하지만 정황 증거로 볼 때 여사님께서 충분히 오해하실 수 있습니다."

"……."

이진은 입을 다물어 버렸다.

아무리 변명을 해 봐야 소용이 없어 보였다.

게다가 왜 오늘은 하루 종일 좋은 일만 있는 것인지…….

가만히 생각해 보니 아침 일찍부터 이진은 정일영과 한동우를 엿 먹일 생각에 피식피식 웃으며 다녔다.

그리고 강우신과의 대화에서도 웃음꽃을 활짝 피웠었다.

"더구나 그 여우가 이혼하자마자 바로 하필 우리 영화에 캐스팅된 것을 보면……. 송서찬 회장님도 좀 의심스럽습니다."

"메겐! 정말 아니에요. 난 제니퍼가 결혼한 줄도 몰랐어요."

"결혼한 줄은 모르셨는데 이혼한 줄은 아셨군요. 아무튼 여사님 도착하시면 표정 관리 좀 부탁드립니다."

"아, 예."

이진은 거기서 진짜 입을 다물어야 했다.

'제니퍼라……. 제니퍼는 알고 있었을까? 자신이 선물한 차를 타고 가다 이진이 죽을 운명이었다는 것을?'

영화의 제목은 퀀텀 월드.

사상 초유의 제작비와 스타 군단을 캐스팅한 대작이었다.

그래서 제작 발표회의 규모는 어마어마했다.

캐스팅도 그랬다. 영미권은 물론이고 중화권, 인도권에서 최고 인기 배우들을 캐스팅에 올렸다.

유독 한국에서만 신인 배우를 오디션을 통해 발탁했는데 이 또한 화제였다.

오디션 경쟁률만 무려 7,000 대 1이었고, 오디션을 진행한 기간만도 1년이 넘게 걸렸다.

야외에서 열리게 된 제작 발표회 때문에 인근 교통을 차단할 정도였다.

충무로에 깔린 레드 카펫 주변으로 전 세계 취재진들이 대거 몰려들었다.

이진이 도착하자 메리 앤이 기다리고 있었다.

"늦었네. 자기 때문에 행사가 연기되고 있어."

"아, 그래? 서두른다고 서둘렀는데……. 내가 주빈도 아닌데 뭘 기다리고 그래?"

"그래도… 자기 보고 싶어 하는 사람도 있을 테고……."

끙.

애써 별것 아닌 것처럼 말을 돌렸건만 메리 앤은 송곳을 품고 있었다.

이진은 얼른 메리 앤의 허리를 감싸 안고 레드 카펫을 지나 행사장 맨 앞줄에 앉았다.

어디선가 따뜻한 시선이 느껴져 온다.

옆을 돌아보니 좌측 맨 앞자리에 앉아 있는 제니퍼 로렌이 보였다.
 순간 옆구리에 묵직한 통증이 밀려들어왔다.
"아야!"
"뭘 힐끗거려?"
"아니, 한국 캐스팅 배우가 누군지 몰라서……."
"곧 알게 되겠지. 한눈팔지 마세요, 회장님!"
 이진은 앞만 바라봐야 했다.
 행사가 시작되었다.
 먼저 감독과 배우들이 하나하나 소개되며 앞으로 나가 단상 위로 올라갔다.
 다음은 제작을 맡은 송서찬의 인사말이었다.
"오늘 퀀텀 월드가 제작에 들어가도록 물심양면으로 지원해 주신 테라의 이진 회장님께 감사드립니다."
 뭐, 감사까지야…….
 이진은 손을 들어 인사를 한 후 앉았다.
 그 순간 단상에 선 제니퍼 로렌과 눈이 딱 마주쳤다.
 그러나 그 옆에 처음 보는 대단한 미인이 앉아 있어 그쪽으로 시선을 돌려야 했다.
 곧바로 눈치를 채는 메리 앤.
"강서연. 이번 주연 중 하나를 맡은 신인 배우야."
"신인이?"
"응. 정말 예쁘지? 나 저렇게 예쁜 여자 처음 봐."

함부르크 회담 • 79

"그래. 정말 그러네."

메리 앤이 괜히 하는 소리가 아니었다.

처음 보는 신인임에도 그 인상이 강렬했다.

"세상에……. 저 나이에 저렇게 예쁘면 세상을 다 가진 것 같지 않을까?"

"그러게. 대단… 그래 봐야 앞으로 어떻게 하느냐에 달렸지."

이진도 감탄하다가 재빨리 말을 바꿨다.

그러나 메리 앤은 여전히 강서연이란 신인 배우를 바라보고 있었다.

"나도 한 미모 한다는 소리 들었는데, 저 배우 보니까 세월이 아쉽네."

"메리도 저때 정말 예뻤어."

이진이 위로랍시고 말을 꺼낼 때 누군가가 옆구리를 찔렀다.

비서 메겐이었다.

"험! 지금도 내 눈엔 쟤보다는 메리가 더 아름다워."

이진이 드립을 하자 메리 앤이 힐끗 쳐다본 후 더 이상 아무 말도 하지 않았다.

송서찬에 이어 감독, 배우들 순으로 인터뷰가 진행되었다.

그리고 미리 제작된 예고편 영상의 유튜브 공개 행사가 이어졌다.

이진이 보기에 아주 잘 짜인 계획하에 마케팅부터 시작하는 것이 분명했다.

공식적인 인사가 끝이 나자 가장 먼저 송서찬이 다가왔다.

"고생했다."

"다 네가 지원해 준 덕분이지. 제수씨께도 감사드려요."

"형수님이지, 인마! 잘 만들어 봐."

이진은 송서찬을 격려하고 이어 감독과 인사를 나눴다.

그다음은 제니퍼 로렌이었다.

"오랜만이야. 잘 지냈지?"

"잘 지내진 못했어. 나 이혼한 소식 들었지?"

"아니! 그랬구나."

이진은 정말 몰랐다.

좀 전에 들었고 또 메리 앤이 있었기에 모른다고 잡아뗐다.

"메리도 오랜만이에요."

"영화 캐스팅 축하드려요. 좋은 연기 기대할게요."

간단한 인사가 오갔다.

그리고 곧 강서연이란 배우가 인사를 했다.

"안녕하세요, 회장님! 강서연입니다."

"와우! 정말 예뻐요. 어디서 이런 예쁜 공주님이 튀어나왔을까?"

메리 앤이 먼저 나섰다.

그 정도로 강서연은 신선한 마스크와 비주얼을 가지고

있었다.

"감사드립니다."

메리 앤에게 인사를 한 강서연이 이진을 향해 인사를 했다.

"몇 살?"

"예? 아, 열여덟 살입니다. 회장님!"

"낭랑 18세네?"

"예?"

"아니… 옛날 노래 있잖아요. 저고리 고름 말아 쥐고서, 하는……."

이진이 설명을 했지만 알아듣지 못한다.

메리 앤이 나섰다.

"호호호호! 이이가 왜 오늘따라 주책일까? 아무튼 열심히 해요. 회장님이 오늘 정신이 없으신가 봐요."

이진의 황당한 말을 메리 앤이 차단해 버렸다.

그래도 끝나지 않은 이진의 말잔치.

"우리 아들이 딱 20살만 됐어도 며느리 삼는 건데……. 정말 예뻐요. 좋은 연기 기대할게요."

이진도 능글거리며 마무리를 했다.

인사가 끝나자 이어 작은 파티가 열린다는 소리가 들렸다.

이진과 메리 앤도 파티장으로 이동을 해야 했다.

파티는 남산 중턱의 호텔에서 열렸다.

호텔 객실을 참석자들을 위해 대부분 예약해서 거의 전용 호텔이 되어 버렸다고 수군거렸다.

"자식! 돈 너무 쓴 거 아니야?"

"헐!"

이진의 넉살에 메리 앤이 기가 막힌다는 표정으로 바라봤다.

도착하자마자 메리 앤이 아는 사람을 발견하고 인사를 하러 갔다.

테라 유니버스에서 초청한 사람들이었다.

메리 앤은 영화에 투자를 하고 수익금 중 일부, 그러니까 티켓 값의 0.1퍼센트를 자선기금으로 비축하자는 제안을 한 모양이었다.

송서찬도 찬성했고, 다들 앞 다투어 자선기금에 자신들의 출연료 중 일부를 내기로 했단다.

이진이 메겐의 감시(?)하에 칵테일 잔을 들 때, 누군가 다가와 슬며시 어깨에 손을 얹는다.

"그 손 내리시죠."

제니퍼 로렌이었다.

메겐이 제지하고 나섰다.

"여전히 메리처럼 발끈하는 분과 같이 다니네. 전에 뵌 적 있지요?"

"예. 뉴욕에서 한두 번 뵌 적 있습니다. 우리 경호팀은 회장님과의 신체 접촉을 굉장히 부담스러운 상황으로 생각합니다."

"그러시겠네요. 진! 너도 그래?"

제니퍼 로렌이 공격적으로 나왔다.

이진이 나서야 했다.

"잠깐 둘만 있게 자리 좀 비켜 줘요."

"회장님!"

"어서요."

이진의 말투가 단호해지자 메겐이 손을 들어 경호원들을 물렸다. 그리고 인사를 했다.

"10분이면 되겠습니까?"

"그래요."

이진은 쓴웃음을 지으며 대답했다.

메겐이 자리를 뜨자 이진은 자리를 권했다.

그러나 제니퍼 로렌은 맞은편에 앉지 않고 굳이 옆에 앉았다.

"웬만하면 얼굴 좀 보게 마주 보고 앉지?"

"아니지. 이래야 질투심이라도 유발하지. 이제 내가 할 수 있는 일이 그것밖엔 없잖아?"

제니퍼 로렌의 말에 이진은 웃어야 했다.

"사귀는 사람은?"

"헤어진 지 얼마나 됐다고……. 사실 나……!"
"궁금한 게 있어."
이진은 제니퍼 로렌의 말을 가로막아야 했다.
"그럴 거라고 생각했어. 차 이야기겠지?"
"맞아."
이진은 대답을 하면서도 조금 놀랐다.
어쩌면 제니퍼는 무언가를 알고 있을 수도 있었다.
"네가 그 차 어떻게 나에게 선물하게 된 건지 물으면 대답해 줄 수 있어?"
"……."
"걸리는 것이 있으면 안 해도 돼."
이진은 제니퍼 로렌에게 꼭 대답하지 않아도 된다고 말해야 했다.
화장을 해서 몰랐는데, 가까이서 보니 그녀의 얼굴은 예전에 비해 많이 상해 있었다.
어쨌든 제니퍼 로렌은 이진의 전 여친이나 다름없다.
요즘도 타블로이드에 공공연히 올라오는 이야기가 이진과 제니퍼 로렌의 과거사이기도 했으니까.
제니퍼 로렌이 몽롱한 얼굴로 이진의 손을 잡았다.
이진은 빼지 않고 가만히 있었다.
"말해 줄게."
제니퍼 로렌이 이진의 귀로 입술을 가져다 댔다.

그러자 여기저기서 사람들의 시선이 모아졌다.

제니퍼 로렌은 짧게 말한 후 입술을 뗐다.

"그랬구나."

이진은 담담하게 대답했다.

"I'm so sorry!"

"It must have been hard. Don't care anymore(힘들었겠다. 더 이상 신경 쓰지 마)."

이진은 그렇게 말하며 제니퍼 로렌을 안아 주었다.

이진의 가슴에 얼굴을 묻은 제니퍼 로렌의 눈에서 눈물이 흘러 셔츠를 적시는 것이 느껴졌다.

눈을 들어 보니 메겐이 다가오다가 메리 앤의 제지를 받는 것이 보였다.

메리 앤은 무슨 일이 있음을 직감한 것이 분명했다.

메리 앤의 시선을 피하려고 얼굴을 돌리자 이번에는 강서연이란 배우와 눈이 마주쳤다.

이진은 다시 제니퍼 로렌의 머리카락으로 시선을 두어야 했다.

그렇게 한참 후에야 제니퍼 로렌이 메겐의 부축을 받으며 화장을 고치러 밖으로 나갔다.

잠시 모아졌던 시선은 흩어져 다시 파티가 이어졌다.

이진은 중간에 메리 앤과 함께 호텔을 나섰다.

"무슨 일인지 물어봐도 돼?"

자동차가 동대문을 지나갈 때쯤 메리 앤이 입을 열었다.
"함부르크 다녀와서 말해 줄게."
이진은 짧게 대답했다.
메리 앤의 언질이 있었는지 메겐 역시 아무 말도, 농담조차 하지 못했다.
성북동에 들어와서 이진은 한동안 말이 없었다.
그리고 다음 날.
전용기편으로 에티오피아를 거쳐 함부르크로 향했다.

2017년 G20 함부르크 정상 회담은 12번째였다.
이번 회담의 의미는 조금 남달랐다.
주요국들의 선거가 끝이 나고 새롭게 국제 무대에 선을 보이는 지도자들이 많았다.
대표적인 케이스는 단연 트럼프였다.
그리고 마크롱, 테리사 메이를 비롯해 상당수가 첫 국제 무대 데뷔였다.
한국 대통령 역시 마찬가지였다.
일본의 아베는 단골손님이었다.
그러나 예전과 다르게 여론의 관심은 G20 회의 자체가 아니라 G2+러시아와 테라의 4자회담에 쏠려 있었다.

이 회담은 도착한 후 갑자기 트럼프가 제안한 것으로 이진도 예상 밖이었다.

그래서 G20 회담이 다 끝난 2017년 7월 10일에 만나자는 조건을 달아 회담을 수락했다.

그날까지 이진은 아무런 일정도 잡지 않았다.

그리고 테라의 함부르크 저택에 틀어박혔다.

엘베 강을 끼고 들어선 아주 오래된 저택은, 이진의 증조부가 제1차 세계대전 직전에 매입한 건물이었다.

2차 대전까지 겪으며 한때 히틀러의 손에 들어가기도 했지만, 전후 협상에서 돌아가신 조부 이유가 다시 소유권을 되찾아 왔다.

그러나 1811년에 지어진 것으로 알려진 건물은 문화유산으로 분류되어 정부의 엄격한 관리 대상이 되어 버렸다.

그래서 팔아 치울 부동산 목록에서도 제외되었고, 누가 살지도 않은 채 비워져 있는 집이었다.

할아버지 이유가 지정한 집사가 관리를 맡아 허용된 범위에서 유지 보수만을 한다고 들었다.

이진은 저택을 둘러볼 겸해서 일부러 따로 호텔을 잡지 않았다.

하지만 사실 다른 이유도 있었다.

시내에서는 G20 회담에 반대하는 시위가 극렬하게 벌어지고 있었다.

반세계화와 반자본주의를 기치로 내세운 시위대는 거의 10만에 달했다.

메겐은 테라도 그런 시위대의 표적이 될 수도 있다고 여기는 모양이었다.

그러나 그 정반대였다.

테라 유니버스의 대규모 구호 사업으로 인해 시위대의 피켓에 테라는 없었다.

외려 이진의 함부르크 방문을 환영한다는 플래카드가 시내 곳곳에 나부꼈다.

그래도 메겐은 호텔은 안 된다고 했다.

막상 저택에 도착해 보니 이진도 잘했다는 생각이 들었다.

오래되긴 했지만 우아하고 아름다운 저택이었다.

"건물은 낡았지만 1953년 한 번 보수한 것이 튼튼해 아직까지 특별한 문제는 없습니다."

"그래요?"

"특히 지하 요새가 있습니다. 히틀러가 미국의 핵 개발을 눈치채고 독일 여러 곳에 벙커를 만들었는데, 그중 하나가 이곳입니다."

"꽤 안전하겠네요?"

"꽤 건성건성 말씀하십니다, 회장님!"

"내가 그랬나요?"

메겐의 독설은 예전부터 악명이 높다.

"집사인 프리드리히입니다."

"반갑습니다. 이진입니다."

프리드리히라는 이름의 늙은 집사는 이진의 방문에 눈물을 한참 동안 닦아 내고 나서야 인사를 했다.

"어서 오십시오. 제 가족들을 소개시켜 드리겠습니다. 오늘만 기다렸습니다."

"그게……."

"허험!"

너무 과한 것 같아 입을 열려는 순간, 메겐이 헛기침을 했다.

입 닥치란 소리였다.

프리드리히의 가족들은 대략 40명이 넘었다.

그 가족들이 한자리에 모인 것이다.

그리고 인사를 받고 나서야 이진은 메겐이 굳이 인사를 받도록 만든 이유를 알 수 있었다.

프리드리히의 가족들 중 어린아이들을 제외하면 거의 대부분이 테라 그룹에서 일을 하고 있었다.

아마도 할아버지 이유가 그렇게 관리를 해 온 모양이었다.

조금 시간이 지나자 마치 가족 같은 분위기라 이진은 편안해질 수 있었다.

❖ ❖ ❖

2017년 7월 8일 아침.

저택으로 청와대 외교 수석이 방문했다.

이진은 한국 대통령의 전갈이라는 이유 때문에 외교 수석을 대면해야 했다.

"어서 오세요. 오늘 일정도 바쁘실 텐데……."

이진이 왜 왔느냐고 물었다.

외교 수석은 정신이 없어서인지, 아니면 긴장을 한 것인지 이진의 말 속에 담긴 뜻을 전혀 눈치채지 못했다.

"예, 그렇습니다. 하지만 모두들 G20 회담 성명보다 10일에 있을 회담에 관심이 더 크지 않겠습니까?"

외교 수석은 떨떠름한 표정이었다.

그럴 만도 했다.

미국, 중국, 러시아, 테라?

전혀 예상하지도 못한 조합이자 전개인 것이다.

갑자기 만들어진 회담에 한국 대통령이 당황해 움직일 만도 했다.

혹시 북한 문제로 모종의 대화가 오가는 것은 아닌가 의심하고 있을지도 모를 일이었다.

그러나 정확한 것은 이진조차도 예상만 할 뿐.

테라 페이 문제라고 생각하고 있었다.

테라 페이가 각국의 화폐를 급속도로 잠식하면서 사실상 국제 통용 화폐나 다름없어졌기 때문이었다.

그러나 어디까지나 예상일 뿐.

에티오피아 반군 문제와 관련되어 있거나 테라의 에너지 사업에 대한 정보를 얻었을 수도 있었다.

미국, 중국, 러시아는 어떤 방식으로든 에티오피아 문제와 관련되어 있었고 에너지 분야에 민감했다.

"글쎄요. 저도 솔직히 의제가 뭐가 될지는 모르겠네요. 정보를 드리고 싶지만 아는 것이 별로 없어서······."

이진은 일단 한 발을 뺐다.

"대통령님께서는 한반도 문제인데 우리만 빠진 것은 아닌가 걱정하고 계십니다."

"그럴 리가요? 아마 제 생각에는······."

이건 뭔 소리일까?

그때 마침 노크 소리가 들려왔다.

메겐이었다.

"회장님! 블라이스와 와타나베 다카키가 도착했습니다."

"아! 들어오라고 해요."

와타나베 다카키와 블라이스는 회담이 결정되고 나서 추가로 불러 오늘 아침에야 도착을 했다.

사실 이진의 예상도 빗나가고 있었다.

회담이 아니라 담화문이거나 혹은 공식적인 문서를 통

해 테라 페이에 대한 우려를 표하는 정도일 것이라 여긴 것이다.

그렇게 되면 이진 역시 테라 페이의 효용과 이익을 세계 각국 정상들에게 알릴 생각이었다.

그런데 갑자기 3개국 정상들과의 회담이 잡히면서 일이 커진 것이다.

블라이스와 와타나베 다카기가 안으로 들어섰다.

"외교 수석님도 오셨군요."

와타나베 다카기가 알아보고 인사를 했다.

"예. 상황이 상황인지라……."

"회장님! 아베 총리가 회장님과의 면담을 요청했습니다."

"그래요? 흠! 그럼 여기 수석님께 드릴 말씀을 같이 드리면 되겠네. 두 분 다 만날 수가 없어요."

"회장님! 대통령님께서 간곡하게 요청하셨는데……. 만약 회담에 나갈 수 없다면 그날 저녁이나 다음 날이라도 회장님과 면담을 하기를 원하셨습니다."

외교 수석은 곤란하다는 표정을 감추지 않았다.

이진은 직설을 했다.

"사실 이번 회담은 제 생각에 한국 대통령님과는 별 상관없는 의제일 겁니다."

"그렇습니다. 의제가 우리 예상대로라고 해도 한국 대통령님이나 아베 총리와는 상관없는 일일 겁니다."

와타나베 다카기가 아베까지 싸잡아 두 나라와는 상관없는 일이라고 못을 박았다.

외교 수석이 이를 악물고는 어쩔 수 없는지 일어났다.

"한국에 들어가서 기회가 되면 찾아뵙지요."

이진이 인사를 하자 목례만 한 채 외교 수석이 물러갔다.

"왜 저래요?"

"글쎄요. 나도 그 이유가 알고 싶네."

"하하하! 그 이유야 빤한 것 아니겠습니까? 이참에 인지도도 높이고 세계 최강대국 세 나라 정상들, 그리고 회장님과 함께 어깨를 나란히 하고 싶은 것이겠지요."

이진은 와타나베 다카기의 말에 가타부타 첨언하지 않고 다시 자리에 앉았다.

메겐도 물러가고 셋만 남았다.

"에너지 분야 사업에 대해 노출은 없었겠지요?"

"틀림없습니다. 아마 페이 문제일 겁니다."

와타나베 다카기는 단언을 했다.

이진도 고개를 끄덕이며 물었다.

"어쩌면 좋겠어요?"

"어떻게 나오는지 들어 보지 않고는 답이 나올 수 없습니다. 아마 당장 테라 페이의 유통에 타격을 가하지는 못할 겁니다."

"그렇습니다. 그랬다가는 큰 혼란이 올 테니까요. 칼자루는 회장님이 잡고 계신 겁니다."

이진은 역시 고개를 끄덕였다.

"그럼 어떻게 나올 것 같아요?"

"아마 유통량을 줄이라고 요구할 겁니다. 만약 거부를 하면 다른 가상화폐 쪽으로 통화를 분산시키고자 할 겁니다."

"다른 가상화폐를 밀어준다?"

"예. 가장 가능성 있는 화폐는 비트코인입니다."

그건 반가운 소리였다.

비트코인이라면 이미 메리 앤이 반 이상을 가지고 있는 상태였으니 말이다.

"그러나 신종 가상화폐를 밀어줄 가능성도 있습니다. 아예 새로 만들 수도 있지요. 세 나라 화폐면 어느 정도 시장에서 주도권을 가질 수 있을 것이라 여길 겁니다."

"그 화폐로 테라 페이를 흡수해 영향력을 행사하려 들 것이란 말이지요?"

블라이스의 말에 이진이 물었다.

"예, 그렇습니다. 그렇게 되면 우리는 점차 테라 페이에 대한 시장 지배력을 잃을 수도 있습니다."

충분히 가능한 이야기였다.

"이미 세 나라 정상은 합의를 했겠군요."

"아마 그럴 겁니다. 사실 말을 듣지 않으면 곧바로 제재를 가할 수 있다고 협박할지도 모를 일입니다."

이런 쪽으로 가장 유능한 사람이 바로 와타나베 다카기다.

일본의 정보부 격인 내각 조사실도 이미 이번 일에 대한 내부 정리를 끝냈을 것이다.

하나만 더 확인하면 된다.

바로 이스라엘의 모사드다.

이스라엘의 정보기관인 모사드는 국제적인 문제에 굉장히 민감하다.

왜냐하면 아무리 단순하고 작아 보이는 일일지라도 아랍 국가들의 틈바구니에 낀 이스라엘에게 큰 고난을 안겨다 줄 가능성이 있기 때문이다.

중동 전쟁 역시 그렇게 일어난 것이다.

블라이스는 유태인으로 미국에서 살았지만 모사드와 긴밀한 관계를 맺고 있었다.

"모사드도 그렇게 생각합니다. 이미 결론을 냈을 겁니다. 아마도 테라 페이에 대한 통제 권한을 분산시키길 바랄 겁니다."

"그럼 잘됐네."

이진이 갑작스럽게 양손을 들며 어깨를 으쓱했다.

"무슨 말씀이신지……?"

"지금 그 말은 그들이 직접 테라 페이의 유통에 대해 관리 감독을 하고 싶어 할 것이란 말이잖아요?"

"예, 그렇습니다."
"그럼 아예 테라 페이 센터를 전 세계에 다 지어 주는 거야."
"예?"
블라이스가 어리둥절해했다.
와타나베 다카기도 잠깐은 당황한 표정이었다.
그러다 갑자기 크게 웃었다.
"하하하! 회장님은 역시 통이 크십니다. 하하하하!"
"그게 무슨 말씀이세요?"
블라이스가 당황해하며 와타나베 다카기에게 물었다.
그러자 와타나베 다카기가 대답했다.
"아마 정상들은 센터가 각자의 나라에 존재하면 통제를 할 수 있을 것이라고 생각할 겁니다. 물론 어느 정도 선에서는 통제가 가능하긴 하지요."
"아!"
"그렇지만 사실 직접 테라 페이의 유통을 통제할 수 있는 곳은 우리 센터 외에는 없지요."
"아! 그러네요. 적어도 센터가 지어지고 직접 정부에서 감독을 시작할 때까지는 그것조차 알 수 없겠네요. 그 정도의 시간이면……. 한데 비용이……."
비용이 어마어마하게 든다.
그러나 이진은 쉽게 이야기했다.
"일단 오늘 함부르크에 모인 20개 나라부터 시작하죠.

부지는 각국 정부에서 섭외해 주거나 아니면 임대하는 것으로 하고 건축비와 장비, 그리고 유지비도 다 우리가 내는 걸로요. 어차피 우리 것이 될 테니까……."

"아……."

"그렇게 한다고 하면 내가 항복하는 걸로 보일까요?"

이진이 웃으면서 물었다.

"아마 그럴 겁니다. 문제는 푸첸입니다."

"그렇죠? 사실 트럼프는 겉으로는 커 보여도 작은 이익에 약하죠. 그리고 뒤가 구린 점도 많고."

"사실 까면 푸첸이 더 구릴 겁니다. 시진핀은요?"

"아마 옛정이 발목을 잡을 겁니다. 그동안 많이도 도와줬잖아요?"

"그렇군요. 회장님과 대화를 나누다 보니 복잡한 일이 쉽게 풀립니다."

와타나베 다카기가 흡족해한다.

그러나 블라이스는 아니었다.

"쉽게 풀린 것은 아니죠. 그 막대한 비용을……."

"너무 걱정 말아요. 지금도 창고가 없지, 돈이 없지는 않으니까요. 또 에너지 사업의 물꼬를 튼 거예요."

"무슨 말씀이신지……?"

"그 센터 건물들을 지어 주면서 모두 우리 에너지 시스템을 도입하는 겁니다. 그럼 어쩌겠어요?"

"빼도 박도 못하는 거죠. 하하하하! 정말 대단하십니다. 정말~!"

와타나베 다카기는 아예 일어나면서 박수를 쳤다.

이진도 사실 일이 이렇게 풀려 줄지는 몰랐다.

에너지 사업을 단독으로 시작하면 아마 전쟁도 불사할 정도의 강한 반발에 부딪칠 공산이 컸다.

모든 나라의 에너지 시스템이 무너질 것이기 때문이다.

문제는 어떻게 테라의 무연료 에너지 시스템인 다이나모를 인정하도록 만드느냐는 것이었는데…….

각국 정부가 지어 준 건물에 그 시스템을 도입해 버리면 정부들은 그것을 인정하게 되는 것이나 마찬가지가 된다.

그리고 통화 시스템 건물이 될 것이기에 함부로 중단시키거나 제거할 수도 없게 된다.

미국이 중단시키면 중국과 러시아는 물론 다른 나라들도 엄청난 혼란과 피해를 감수해야 하니 말이다.

다른 나라들도 마찬가지.

결국 테라 페이 시스템 건물을 건드리면 재앙에 가까운 혼란이 닥칠 것이 확실했다.

그걸 누가 바라겠는가?

블라이스도 두 손, 두 발 다 들었다는 시늉을 하더니 곧바로 문서 작성에 들어가겠다며 밖으로 나갔다.

이진도 앓던 이를 빼낸 기분이었다.

하루 종일 한국 정부와 일본 정부에서 연락이 왔지만 이진은 받지 않았다.
그리고 7월 10일, 운명의 날이 밝았다.

"하이, 미스터 리! 하우 아 유?"
트럼프가 이진이 들어서자 일어나 웃으며 반겼다.
이진이 테라의 회장 자리를 얻던 날, 트럼프를 초대했었다.
벌써 근 10년 전이었다.
이진은 이어 시진핀과 인사를 나누고 푸첸과도 악수를 했다.
곧바로 기념 촬영이 이어졌다.
밖에는 전 세계 취재진들이 모여 이 회담에서 무엇이 어떻게 논의될까 숨을 죽인 채 기다리고 있었다.
회의실이라기보다는 거실 같은 분위기였다.
편안한 소파와 의자가 여러 개 놓여 있어 각각 자리를 정한 후 앉았다.
이진은 소파에 몸을 묻은 채 다리를 꼬고 음료수 잔을 들었다.
푸첸의 안색이 살짝 굳어진다.
시진핀도 그다지 우호적인 얼굴은 아니었다.

'자식들! 발끈하긴!'

이진은 그렇게 생각하며 음료수를 한 모금 마신 후 입을 열었다.

"이렇게 세 분을 만나게 되어 정말 기쁩니다. 그렇지 않아도 뵙고 싶었습니다."

"무슨 말씀을? 난 내 취임식에도 이 회장이 오지 않기에 계속 오바마가 대통령을 하기를 원하는 것 아닌가 생각했어요."

트럼프의 말장난에 모두는 웃어야 했다.

분위기는 순간 부드러워졌다.

그러나 곧바로 나온 푸첸의 말에 다시 정적이 흘렀다.

"이번에 이 회장님을 뵙게 된 것은 다름이 아니라 테라페이 때문입니다."

역시 그랬다.

그리고 그 말을 꺼내기 무섭게 트럼프가 머리를 끄덕거린다.

단지 시진핀만이 무슨 생각을 하는지 표정을 읽을 수 없었다.

그러나 평소 시진핀의 행적으로 볼 때 합리적이다 싶은 선택을 하는 사람.

이미 셋은 입을 맞춘 것이 분명해 보였다.

"무슨 말씀이신지?"

"테라 페이가 지나치게 달러와 위안화, 그리고 루블화 등 각국 화폐의 유동성을 제한하고 있어요. 대책이 필요하다는 것이 세계 각국 정상들의 의견이었습니다."

'루블화, 거 얼마 된다고?'

트럼프가 말을 받았다.

이진은 내심 다행이다 싶었다.

에너지가 아닌 것이다.

만약 에너지였다면 이건 정말 큰 문제가 된다.

쉽게 공론화할 수도 없으니 아마 3개국 정상들과 협의 하에 극비에 붙여져 한 50년 후에야 정보가 공개될 처지에 놓이게 될지도 모를 일.

그도 아니면 그걸로 인해 당장 전쟁이 발생할 수도 있었다.

트럼프는 테라가 미국 회사이니 미국의 지적 재산권이라고 우길 것이고, 그것이 미국에 넘어갈 것이란 결론이 나면 시진핀과 푸첸은 연합 전선을 구축한 후 선전포고를 할 수도 있었다.

생각보다 국제 질서라는 것은 살얼음판이나 다름없었다.

누구도 절대 강자가 되는 것을 용납할 생각이 없으니 말이다.

그래서 세계 최대 강국 셋이 묵시적으로 손을 잡은 것이 분명했다.

또 오바마가 대통령이었다면 미리 암시를 주었을 것이다.

세계 곳곳에서 선거판이 벌어지면서 시간이 늦춰졌을 것이다.

그사이 트럼프는 자신과 비교적 친밀한(?) 푸첸과 손을 잡은 것.

이진이 양손을 들어 별것 아니란 표정을 지으며 말문을 텄다.

"그 문제에 대한 대책이라면 저도 이미 생각해 둔 바가 있습니다."

"그렇다면 다행이군요. 어떤 대책입니까?"

푸첸이 들어나 보자는 표정으로 입을 열었다.

"당장 테라 페이의 유통을 중지하기를 바라시는 건 아니시겠죠?"

"당연하지요. 그랬다가는 여기저기서 혼란이 생길 테니까요."

푸첸도 이진의 말에 동의했다.

"모두가 이익이 되는 방향으로 가야죠."

"그 해답을 얻고자 우리가 이 회장을 부른 것 아니겠습니까?"

불렀다고?

이진은 잠시 푸첸을 노려본 후 입을 열었다.

"우리 테라는 기업입니다. 기업은 돈을 버는 것이 목적이죠. 늘 테라는 역사적으로도 그래 왔습니다."

"우리가 테라 가문의 역사나 듣자고……."
"들어 보시죠."
이진이 푸첸의 말을 가로막았다.
그러자 시진핀이 동의하고 나섰다.
"그럽시다. 이미 듣기로 하고 이 자리에 모인 것 아닙니까?"
이진은 사실 푸첸보다 편을 드는 것처럼 보이려는 시진핀이 더 얄미웠다.
이미 판을 다 짜 놓고도 일말의 언질도 없었다.
어쨌거나 지금 그런 문제를 따질 때는 아니었다.
본론으로 들어가야 했다.
"이러면 어떻습니까? 각국 정부가 테라 페이의 전산 시스템을 관리하면요."
"정확히 무슨 의미입니까?"
다시 시진핀이 묻는다.
"각 나라가 보유한 테라 페이는 각 나라가 알아서 관리 감독하는 겁니다."
"그게 가능합니까?"
"물론입니다. 기존의 기술로는 그게 불가능했지요. 하지만 지금은 가능합니다. 우리 테라에서 세계 모든 나라에 테라 페이 센터를 지어 드리겠습니다."
"건물만 짓는다고 해서……."
푸첸이 입을 열자마자 이진이 손을 들어 제지했다.

그리고 말했다.

"그 센터의 통제권을 테라가 가진다면 달라질 것은 없죠. 하지만 각 정부들이 맡는다면……."

"오호? 그것참 명쾌한 답변이로군요. 한데 이 회장은 그런 어마어마한 가치를 가진 통제권을 각국 정부에 무상으로 넘기겠다는 말입니까?"

트럼프다.

믿어지지 않는다는 표정.

게다가 무상(For Nothing)이란 말을 강조한다.

좀팽이 자식.

미국이라는 대국의 대통령을 해 먹기에는 통이 작다.

저런 식으로는 작은 이익 때문에 장차 다가올 큰 이익을 놓칠 가능성이 크다.

또 트럼프는 퇴임 후를 생각하고 있을 것이다.

다른 대통령들은 명예롭게 퇴임하는 걸 가장 첫 번째 목표로 정했겠지만, 트럼프는 아닐 것이다.

그는 비즈니스맨이니까.

"테라 페이는 사용하는 사람들의 돈이지요. 제 돈은 아니니까요."

"예상했던 것보다는 진취적인 답변입니다. 충분히 고려해 볼 만하다고 생각합니다."

시진핀도 이진의 말에 힘을 실었다.

그러자 푸첸도 한발 물러났다.

"그것이 어떤 방식에 따라 진행되느냐에 따라 달라지겠지만, 일단 받아들일 만한 대책이긴 합니다."

시진핀과 푸첸의 속셈이야 빤했다.

세계 통화시장을 언제까지 미국에 양보할 수는 없다는 생각에서의 찬성이었다.

위안화도 달러 시장을 공략하기는 힘들고, 루블화는 말할 나위도 없다.

차라리 국가가 아니라 기업의 화폐라면 어느 누구도 통제권을 가질 수 없을 것이라 여기는 것이다.

현재의 통화 질서 내에서 가장 불리한 쪽은 푸첸이었고, 두 번째는 시진핀이고 그다음이 트럼프였다.

다음은 물론 엔화일 테고 말이다.

그러나 트럼프도 반대하지는 못한다.

어쨌거나 테라는 미국에 본사를 둔 미국 회사였으니 말이다.

설사 통제권을 내어 주더라도 언제든 통제할 방법이 생겨날 것이라 여길 것이 분명했다.

동상이몽으로 합의는 이루어졌다.

이진이 바라는 대로 된 것이다.

이진은 세계 주요 20개국에 테라 페이 센터를 즉시 착공한다는 전향적인 약속까지 내놓았다.

물론 먼저 러시아, 중국, 미국은 동시 발주를 하겠다고 약속했다.

하지만 이미 한국에 테라 타워가 계획 중이었고, 에티오피아에는 중앙 통제 시스템이 존재하고 있었다.

이제 설립 과정에서 기술적인 문제들을 걸고넘어지겠지만, 현재의 과학 기술로 그걸 분석해 낼 방법은 어디에도 없었다.

테라만이 보유한 기술이었으니까 말이다.

모두 일어나 악수를 하고 사이좋게 밖으로 나가 포토 라인에까지 섰다.

이진은 그렇게 기업인으로서는 처음으로 세계 3대 강국의 정상들과 담판을 한 인물로 남게 되었다.

함부르크 회담이 남긴 파장은 어마어마했다.

그러나 소외당한 일본, 영국, 프랑스의 불쾌감도 만만하지 않았다.

특히 유럽 연합(EU)의 반발이 거셌다.

그래서 이진은 바로 귀국하지 못하고, 다시 EU 본부가 있는 브뤼셀로 향해야 했다.

거기서 이진은 다시 28개국의 정상들을 설득하느라 진

땀을 뺐다.

그리고 8월이 되어서야 EU 28개국 정상들이 모두 테라센터 건립에 찬성한다는 성명을 내놓았다.

그제야 이진은 서울로 향해 성북동 집에 돌아올 수 있었다.

"자! 아빠 고생하셨으니까 박수!"

"와! 아빠, 대단해. 축하해."

"고마워."

이진은 삼둥이를 차례대로 안아 주었다.

딸 이령이 전처럼 폭 안겨 오지 않는 것이 내심 서운했다.

9살이다.

요즘 아이들, 특히 여자아이들이 조숙하다더니 벌써 아빠를 남자라고 가리는 것 같았다.

"난 아빠가 돈만 많은 줄 알았더니 아니더라. 학교 아이들이 다 날 우러러봐."

"그랬어?"

둘째 이요의 말에 이진이 되물었다.

그러자 막내 이선이 초를 친다.

"그 나물에 그 밥이지. 남 우러러볼 시간이 있으면 자기 관리를 좀 더 할 것이지……."

"호호호! 선이는 아빠가 유명해진 게 불만인 모양이네?"

"아빠 원래 유명했잖아. 돈 많아서……. 가끔은 없이도 살아 보고 그래야 생존 능력이 고양될 것인데…….”

아니, 저 녀석이?

말하는 걸 보면 거의 노인네나 다름없는 막내 이선.

가장 합리적인 선택을 늘 삶의 좌우명으로 삼고 사는 것 같다.

꿀밤을 한 대 먹이려던 이진은 바로 들어온 어머니 데보라 킴 때문에 멈춰야 했다.

"어딜? 누구에게 손을 데려고?"

"어머니! 잘 지내셨죠?"

"잘 지냈지. 정말 수고 많았어. 네 아빠가 봤더라면…….”

"아이구, 언니 또 주책이야.”

"그래도…….”

데보라 킴은 이미 울고 있었다.

모두들 이진이 3개국 정상들과 이루어 낸 합의를 대단하게 여기는 것 같았다.

아니면 돈이 있어도 쉽게 드러내지 못하던 시절에서 벗어났다는 안도감 때문일까?

어쨌든 명실 공히 이제 이진은 G3 정상과 어깨를 나란히 하는 인물이 된 것만은 분명했다.

그게 함부르크 회담이 거둔 미시적인 성과였다.

그러나 거시적인 성과는 생각하던 것보다 엄청났다.

일단 세계 각국에 무연료 에너지 시스템을 장착한 주요

시설을 짓게 된 것이다.

 이는 테라의 다이나모 에너지 시스템이 유사시 언제라도 공인받을 수 있는 길을 터놓은 것이라 의미가 컸다.

 또 테라 페이가 명실상부한 세계 공용 화폐로 인정받은 것이나 다름없었다.

 서로가 원하는 틈을 파고들어 얻은 성과였다.

 즐거운 저녁 식사를 하면서도 이진의 머릿속에서는 다음 구상이 떠나질 않았다.

 반세계화와 반자본주의화를 외치는 또 다른 많은 사람들을 어떻게 설득하느냐가 관건이란 생각이 들었다.

 여기서 그들의 지지만 더 얻어 낸다면 이제 테라의 발목을 잡을 곳은 없게 되는 것이다.

 즐거운데도 저녁 시간은 더디게 흘렀고, 오랜만의 만남이라 11시가 다 되어서야 침실로 향할 수 있었다.

 메리 앤은 샤워를 하고 향수까지 뿌린 채 침대로 들어왔다.

 '이런 걸 의무 방어전이라고 하는군.'

 이진은 문득 그런 생각이 들었다.

 메리를 안고 싶지 않아서가 아니라 생각할 것이 많아서였다.

 "이제 내가 나설 차례야?"

 "뭘?"

"유니버스가 나서서 테라 페이가 얼마나 유용한가 보여 주면 다 끝나는 고민 아니야?"
"이런 귀여움쟁이!"
이진은 퍼뜩 놀라 메리 앤의 뺨을 꼬집었다.
"아야!"
방금 전 의무 방어전이란 생각을 한 자신이 불현듯 미워진다.
어려서부터 같이 자라서인지, 사실 그렇지도 않지만 메리 앤은 이진이 다음에 무얼 걱정하는지 가장 먼저 알아차리고 있었다.
"오늘은 좀 쉬어. 다 잊고. 내일 일은 내일 하자."
"응!"
메리 앤이 이진의 가슴에 안겨 왔다.
편안한 품이고 집이었다.
성북동의 밤이 깊어져 갔다.

기재부 장관이 이진을 찾은 것은 추석 연휴 2주 전인 9월 18일이었다.
함부르크 회담 이후 한동안 연락이 없던 정부에서 사람을 보낸 것은 이례적이었다.

"어서 오세요."
"한번 청와대에 오시면 좋으셨을 텐데요."
이진의 귀에는 머리를 숙이고 들어오라는 이야기처럼 들렸다.
그러나 이제 칼자루는 완전히 이진이 잡고 있었다.
더구나 테라의 비즈니스가 거의 대부분 세계 전반에 영향을 끼치는지라 정부에서 함부로 터치할 리는 없었다.
"좀 바빴습니다. 대통령님은 건강하시지요?"
"예. 악화일로에 있는 남북문제로 여전히 고민 중이십니다."
"그러시겠네요."
2017년 한 해 동안 어느 때보다 북한의 도발과 위협이 심했다.
그래서 남북 관계는 정부가 원하는 것과는 다르게 긴장 일변도였다.
세계 각국들도 남북 간의 충돌과 긴장을 주시하는 분위기였다.
이번 정부가 원하는 대로 남북 관계는 개선되지 않고 있었다.
그러나 궁지에 몰리면 북한은 손을 잡을 것이다.
그리고 이만하면 됐다 싶으면 손을 놓을 것이고 말이다.
"함부르크 합의 말입니다."

"아, 예."
"세계 20개국에 테라 페이 센터를 지어 주시기로 하셨는데, 우리나라가 빠져 있어 대통령님의 근심이 크십니다."
"아!"
이진은 마치 몰랐다는 것처럼 크게 반응했다.
그리고 곧바로 메겐을 불렀다.
"설마 서울에 센터 건립이 빠진 거야?"
이진은 거의 호통을 쳤다.
그러자 메겐이 양손을 앞으로 모은 채 고개를 숙였다.
"이유가 뭐예요?"
"그게… 이미 건립을 하기로 하고 설계를 끝냈었습니다."
"그건 테라 타워잖아요?"
"거기에 센터가 입주하도록 되어 있었는데… 서울시와 국토부에서 승인을 해 주지 않는 바람에……. 송구합니다, 회장님! 방법을 찾아보도록 하겠습니다."
메겐은 모든 잘못을 서울시장과 국토부 장관에게 돌려 버렸다.
"방법은 무슨 방법? 여기 기재부 장관님 안 보여요? 나가 봐요."
메겐이 죽는 시늉을 하면서 밖으로 나갔다.
"지으려고 했는데 국토부와 서울시에서 건축 허가를 내주지 않은 모양이네요."

"하지만 그건 주상복합 건물로 승인을 내라고 한 것으로 아는데요."

기재부 장관이 정확하게 지적질을 했다.

"물론 그렇긴 하죠. 하지만 그사이에, 내 나라에 먼저 무상으로 센터를 지어 주고 다른 나라들은 돈을 좀 받으려고 했는데……."

"아!"

"정부에서 허가를 안 해 주는 바람에……. 그러다 보니 함부르크에서 그 이야기가 나와서……."

"아, 그러셨군요. 이거 참 면목이 없습니다. 그런 줄도 모르고……."

기재부 장관이 떨떠름한 표정을 지었다.

이진의 억지가 그대로 통한 것이다.

"제가 대통령님과 서둘러 논의한 후 서울시장님을 설득해 보지요."

"그래 주신다면 감사드립니다."

"한 가지 더 있습니다."

"예. 말씀하시죠."

"북한에도 센터를 건립하면 어떻겠습니까?"

"예?"

이진은 혹시나 했는데 다시 북한 이야기가 나오자 깜짝 놀라는 척했다.

"남북관계가 파국 일변도입니다. 달리 돌파구를 찾기도 어렵고 말입니다. 그래서 테라가 나서주면……."

"하하하! 아마 그렇지는 않을 겁니다. 그리고 저희는 그렇게는 할 수 없습니다."

"이유라도 있으십니까?"

"그건 북한이 개성공단이나 금강산처럼 우리 테라 센터를 마음대로 관리하려고 들 것이기 때문이지요."

"그거야 협의하기에 따라……."

"북한 정권은 준비가 되어 있지 않아요. 내년쯤에 북미 관계가 좋아지면 그때 다시 논의하시죠."

이진은 귀찮아서 말을 하다가 그만 실수를 하고 말았다.

내년에 북미 관계가 좋아질 것이란 것을 입에 담은 것이다.

"정말 그렇게 될까요?"

"뭐가… 요?"

"북미 관계 말입니다. 그게 지금 대통령님이 가장 고심하는 부분이거든요."

"예. 당분간은 막말이 오가겠지만 곧 그렇게 될 겁니다. 트럼프 그 친구가 원래 좀……."

삽질을 좋아한다고 말하려던 이진은 황급히 말을 줄여야 했다.

어쨌든 이진이 그렇다고 말하니 기재부 장관은 그나마

안도하는 표정으로 곧 테라 타워의 준공 허가를 내주겠다고 단언한 후 집무실을 나섰다.

이진은 이례적으로 배웅까지 했다.

재벌집 망나니
7대 독자

 바로 허가가 날 것처럼 기재부 장관이 말하고 간 지 두 달이 더 지나서야 테라 타워에 대한 건축 인허가가 완료되었다.
 강우신은 곧바로 계획된 대로 착공에 들어갔다.
 부동산 관계자들의 관심은 온통 테라 타워 분양권에 가 있었다.
 심지어 아무 권리도 없는 사기 분양을 하는 사고까지 발생하자 정부에서는 강력한 조치를 취하겠다고 엄포를 놓더니 테라전자에 주의 조치를 내렸다.
 그럼에도 알음알음으로 테라 타워의 분양권을 얻으려는 사람들 때문에 메리 앤은 물론이고 이진까지 홍역을 치러야 했다.

2017년 9월 30일에서 10월 9일까지 대한민국 정부 수립 이래 최장 기간 연휴를 맞아 집에서 푹 쉰 이진은 10월 10일부터 활동에 돌입했다.

때를 맞춰 미국의 트럼프와 북한의 김정은이 막말을 주고받았다.

북미 상황은 첨예하게 대립하고 있었다.

이어 전직 고위 관리의 '북핵 협상 실패 시 군사 옵션'을 고려한다는 이야기까지 나오자 한반도에는 긴장감이 맴돌았다.

지난 9월 3일에 있었던 북한의 핵실험이 상황을 악화시키고 있었다.

테라 내부에서도 북미의 무력 충돌에 대비해야 하는 것 아니냐는 목소리가 나왔다.

"회장님! 센터 건립을 조금 늦추는 건 어떻겠습니까?"
"왜요?"

10월 10일 회의 석상에서 와타나베 다카키가 천하태평인 이진을 향해 직언을 했다.

그러자 이진은 '왜요?'라고 물었다.

"그야… 전례 없는 상황이지 않습니까? 일본 내각 조사실의 정보에 따르자면 북한은 이미 미국을 타격할 대륙 간 탄도 미사일을 실제 전력으로 배치한 것으로 보입니다."

"그래서요?"

"하아… 혹시라도 무력 충돌이 일어나면……."

"안 일어나요."

"예?"

"무력 충돌 안 일어납니다. 아마 내년쯤에는 트럼프랑 김정은이랑 얼싸안고 노래를 부를 겁니다."

"어떻게 그렇게……?"

"천하태평이냐고요?"

"끄응!"

와타나베 다카기도 그랬지만 강우신도 도리질을 하다가는 고개를 숙였다.

"내년에 봐요. 그다음 해에도 보고요."

이진은 그렇게 말했다.

속으로는 말이 이어 나왔다.

'그다음 해부터는 나도 몰라요.'

그 생각을 하자 가슴이 답답해져 왔다.

그래서 서둘러야 한다는 생각이 들고 조급해지고 있는 건지도 몰랐다.

어떻게든 미래를 아는 범위 안에서 테라를 더 이상 위협할 수 없는 존재로까지 만들어 놓아야 한다는 압박감이 작용하는 것 같다.

그리고 그 해결책은 다이나모밖에는 없었다.

산업혁명이 일어난 근대 이후 인류는 에너지를 얻기 위해 싸웠다.

그리고 이제 이진은 그 에너지 전쟁에서 승리할 힘을 가지고 있었다.

이것은 그 무엇보다 중요한 일이었다.

"테라 타워 건립은요?"

"착공을 했습니다. 말씀하신 대로 정부에서 신속하게 인허가를 처리해 주고 있습니다."

"공기가 언제까지였죠?"

"예. 2021년 5월입니다."

"좀 앞당길 수는 없어요?"

"그게 최선입니다. 이미 회장님이 여러 번 독촉하셔서 수정한 것입니다."

흠.

당겨도, 당겨도 너무 긴 것 같았다.

"좋아요. 그럼 그렇게 신속히 진행하시고, 다른 문제는 추후에 협의합시다."

이진이 회의 종료를 선언했다.

계열사 사장들이 빠져나가고도 강우신은 남아 있었다.

"형은 뭐 더 할 말 있어?"

"그게 아니라……. 요즘 회장님, 왜 그렇게 서두르세요?"

"내가?"

"예. 전 같지 않으세요. 북핵 문제는 천하태평인 데다가 센터는 또 왜 그렇게 서두르시는지…….."

"그랬나? 함부르크 때 너무 지나친 약속을 해서 그런가 보지."

"그래도… 평소 같지 않아서…….."

"걱정 마. 다 잘 될 거야."

"그럼 그렇게 알고 가 보겠습니다."

강우신도 물러났다.

이진은 그제야 마음이 좀 편해졌다.

그러다가 삼둥이가 아직도 어리다는 생각을 하자 다시 마음이 불안해진다.

'젠장!'

이진은 운동복을 갈아입고 사내 헬스장으로 향했다.

그러나 막상 헬스장에 들어서자 운동하기 싫어졌다.

마치 무언가가 가슴을 꽉 막고 있는 기분이었다.

잘못되어 가는 일은 없는데도 말이다.

거의 기어가는 속도로 스핀 바이크를 타고 있을 때, 누군가가 헬스장으로 들어오는 소리가 들렸다.

"회장님도 계셨네요?"

"아, 어서 와요. 오랜만이죠?"

"예. 회장님이 워낙에 바쁘셔야죠."

들어온 사람은 정도영이었다.

태양산업을 인연으로 만난 후 부속실에 채용했었다.

한데 지금 이진은 정도영이 어느 부서에 근무하는지도 몰랐다.

"이제 정 과장님인가요?"

"하하하! 아닙니다, 회장님! 저 두 해 전에 유니버스 센터장으로 발령 났습니다."

"메리가?"

"예. 제가 유능한 인재라며 와 달라고 하시더라고요."

"그랬군요. 센터장이면 출세한 거네요. 축하해요."

"저기… 고용주나 다름없는 분이 하실 말씀은 아닌 것 같은데요?"

"하하하! 그러네요. 미안해요. 일이 너무 많다 보니까……."

이진은 먼저 사과를 했다.

"회장님이 사과하실 일은 아닙니다. 아니, 회장님처럼 그렇게 말씀해 주시는 대기업 회장도 없을 겁니다."

"그렇게 말해 주니 또 고맙네요. 유니버스 어디 센터예요?"

"베트남에서 동남아 유니버스 센터장으로 일합니다."

"아!"

"우리 회장님의 신임이 두텁거든요."

"하하하! 처음 그때 그 모습 여전하네요. 일은 할 만해요?"

"옙! 이번에 휴가 받아서 들어왔습니다. 놀기가 뭐해 나와 봤습니다."

"아, 휴가 계획은 있어요?"

"아닙니다. 그냥 집에서 쉴 생각입니다. 제가 무슨 군대 휴가 나온 것도 아닌걸요? 저 공익 출신입니다."

이진은 왠지 정도영이 부러웠다.

자유로워 보인다.

"하하하! 참! 결혼은요?"

"아직입니다. 매일 유니버스 회장님만 뵈어서 그런지 웬만한 미녀는 눈에 안 들어오네요."

"저런? 한번 같이 살아 봐요. 그럼 그런 소리 안 나올 테니까."

"저도 지금 하신 말씀 비밀로 하겠습니다. 몇 번 회장님이 소개팅도 시켜 주셨는데 잘 안 됐습니다."

"왜요?"

이진이 의아한 표정으로 물었다.

"다들 프린스턴 출신들이라 한국 지방대 나온 절 우습게 알더라고요."

"저런……. 아직도 그런 몰상식한 사람들이 있네요."

"그러게 말입니다. 하하하!"

"그럼 시간 많겠네요. 우리 오늘 저녁에 술이나 한잔할까요?"

"예. 예?"

정도영은 뜻밖인 모양이었다.

세계 최강국 정상들과 회담을 하고 다니는 이진이 설마 자신과 술 한잔하자는 말을 꺼낼 줄은 몰랐던 모양이다.

"뭘 놀라요? 전에 약속한 적도 있잖아요."

처음 부속실 인선을 했을 때 일이다.

바쁜 일이 끝나면 술 한잔하자고 했었다.

"전 그 말씀 기다리고 있었습니다. 좋습니다."

정도영은 젊은 사람답게 화통했다.

이진은 그제야 자신도 젊은 사람이란 것을 깨달아야 했다.

이제 서른여섯.

정도영은 이진보다 한 살이 많은 서른일곱이었다.

이진은 정도영이 허물없이 순순히 응하자 한발 앞서 나갔다.

"그럼 바로 갑시다."

"지금요?"

"내가 낮술 한 지 오래되어서 말이에요. 괜찮죠?"

"예. 저야 괜찮습니다만……."

"이 키 가지고 가셔서 제 옷 좀 몰래 꺼내다 줄래요?"

이진의 말에 정도영이 고개를 들고 웃었다.

"몰래 가시려고요?"

"예. 경호원들까지 따라붙으면 어딜 가도 편하게는 못 마셔요."

"좋습니다. 대신 나중에 유니버스 회장님이 따지시면 꼭 해명해 주셔야 합니다."

정도영이 곧바로 라커로 가서 옷을 가지고 왔다.

시계를 보니 오후 3시가 살짝 넘어가고 있었다.

정도영과 함께 비상구를 통해 회사 건물을 빠져나온 이진은 공중전화로 메겐에게 전화를 걸었다.

거의 욕설에 가까운 메겐의 고성이 들려오자 수화기를 올려놓은 이진.

정도영과 함께 지하철을 이용하기로 했다.

"지하철 요금이 얼마예요?"

"제가 내드리겠습니다. 1,250원입니다."

"비싸네?"

"하여간 있는 사람들이 더하다니까?"

이진은 정도영의 말에 오랜만에 허물없이 웃을 수 있었다.

일회용 지하철 패스를 사서 탔다.

"어디 가는 줄은 알고 가는 거죠?"

"예. 물론입니다. 껍데기 드셔 보셨습니까?"

"껍데기요?"

"안 드셔 보셨죠? 종로로 갑니다."

이진은 껍데기를 당연히 먹어 봤다.

아니, 박주운이 먹어 본 것일까?

어쨌든 껍데기 이야기를 듣자 침이 꿀꺽 넘어갔다.

"안 불편하세요?"

"정도영 씨가 몰라서 그렇지, 내가 지하철 꽤 타고 다녔어요."

"정말이요?"

"그럼요. 봐요. 딱 자세 나오잖아요."

이진은 지하철 손잡이를 놓고 제법 버티고 있었다.

"처음 타 보는 분 같지는 않네요. 아까부터 저쪽을 힐끔거리시는데, 혹시 관심 있으세요?"

이진은 타자마자 왼쪽 끝 좌석에 앉은 여자를 힐끔거리며 바라봤다.

선글라스를 꼈는데 어디서 본 듯한 모습이었기 때문이다.

"내가 관심 있는 게 아니라 정도영 씨가 관심 있는 건 아니고요?"

"딱 보니 보통 미인은 아닌 것 같네요. 지하철을 이용하는 것으로 볼 때, 또 선글라스를 회장님처럼 벗지 않는 것으로 볼 때……."

"유명인 같아 보인다고요?"

"그럴지도요. 그럼 내기 한번 하실래요?"

"무슨 내기요?"

"각자 한 번씩 껍데기 먹자고 꼬셔 보는 거죠."

"좋아요."

이진은 말도 안 되는 정도영의 제안에 선선히 응했다.

먼저 정도영이 나섰다.

둘은 누가 봐도 양복쟁이 샐러리맨이었다.

넥타이를 느슨하게 매 영업사원처럼 보인다.

정도영이 다가가 무식하게 대시를 했다.

"저기… 우리 껍데기 먹으러 가요."

"누구 껍데기를 벗겨 먹으시려고요? 사기꾼이세요?"

쩝!

이진이 입맛을 다시는 사이 정도영이 패배를 안고 돌아왔다.

"도도합니다. 게다가 까칠하기까지 하네요. 이 정도면 포기하셔도 인정해 드리겠습니다."

"난 자신 있어요."

"어째서요?"

"이진이잖아요."

이진은 그렇게 말하고는 곧바로 여자에게 다가갔다.

그리고 말했다.

"껍데기 먹으러 가는데 같이 가실래요?"

이진은 말을 하고 정도영을 바라봤다.

잔뜩 긴장한 정도영이 보인다.

그때.

"예. 그럴게요. 사 주시는 거죠?"

"물론입니다. 저 친구가 사 줄 겁니다."

"친구분이셨군요."

"예. 종로3가에서 내립니다."

여자가 고개를 끄덕였다.

이진이 다시 돌아오자 정도영이 믿겨지지 않는다는 표정을 지으며 엄지손가락을 치켜세웠다.

그러자 멀리서 여자가 웃었다.

여자는 이진이 아는 사람이었다.

얼마 전 영화 제작 발표회에서 봤던 오디션 당선 주연 배우 강서연.

설마 퀀텀 월드의 주연 배우로 이미 스타덤에 오른 그녀가 지하철을 이용할 줄은 몰랐다.

어쨌든 강서연이 이진을 알아본 것은 분명해 보였다.

그것도 모르는 정도영은 신이 나 있었다.

이진의 생각에 강서연 정도면 정도영에게 잘 어울리는 여자일 것 같았다.

안면을 트고 나면 그다음에야 자기들이 알아서 할 일.

강서연이 콧대 높으면서 머리에 든 것 없는 여느 여배우들과는 다르기만을 바랄 뿐이었다.

종로3가역에서 내려 사람들이 빠져나가자 강서연이 우

두커니 서 있는 것이 보였다.

정도영은 그 모습에 이미 갈 만큼 가 있었다.

비주얼이 처음 봤을 때처럼 장난이 아니었다.

이진이 다가가 물었다.

"바쁘신데 시간 뺏는 건 아니죠?"

"아니요. 지금 휴식기라서요."

"그럼 가시죠."

이진과 강서연이 서로 대화를 나누자 정도영은 의아한 표정을 지었다.

종로3가.

예전 피카디리 극장 뒤쪽 껍데기집이 오늘의 목적지였다.

이진은 정도영의 스마트폰을 빌려 메리 앤에게 문자를 보냈다.

〈자기, 혹시 껍데기 먹어 봤어?〉

〈정 센터장님?〉

답이 온다.

〈나야. 진이진이 이진이!〉

〈당신, 미쳤어? 왜 정 센터장 전화기로 문자를 보내?〉

〈껍데기 먹고 싶어, 안 먹고 싶어?〉

껍데기의 유혹은 제법 강렬했다.

〈나 그거 엄청 좋아하는데……. 근데 자기, 어디야? 메겐이 뿔이 나서 에프유씨케이가 들어가는 말을 다섯 번이나

하고 갔어. 무서워 죽는 줄 알았다니까?〉

〈자기, 껍데기 먹으러 와라. 약도 보낼게.〉

이진은 곧바로 위치를 전송했다.

테라의 스마트폰은 위치를 켜고 말고 할 필요도 없다.

늘 켜져 있지만 해킹은 불가능하다.

그리고 위치 정보가 필요한 경우에만 선별적으로 인식해 전송이 가능했다.

메리 앤에게 정확한 위치가 전달되었을 것이다.

그것도 아주 정밀하게 말이다.

〈바로 갈게. 나 껍데기 정말 먹고 싶다.〉

메리 앤이 곧바로 문자를 보냈다.

자리로 들어가자 이미 정도영이 강서연에게 작업을 시작한 후였다.

테라 유니버스에서 봉사활동만 한 것은 아닌 것 같았다.

"그럼 아프리카에서도 봉사활동을 하셨어요?"

"예. 세렝게티 아시죠? 거기 사자들이 저보고 형님 한다니까요?"

끄응, 저런 촌스러운 유머를?

아직 결혼 못한 게 당연해 보인다.

그럼에도 강서연은 정도영의 이야기에 푹 빠져 있는 것처럼 보였다.

❖ ❖ ❖

 정도영이 아재 개그를 선보인 지 한 시간쯤 지나자 주인장 할머니의 눈초리가 사나워졌다.
 이진이 조금 있다가 시키자고 계속 주문을 미뤘기 때문이었다.
 더 이상 눈총을 견딜 수 없을 시점에서야 메리 앤이 도착했다.
 머리에 모자를 써 금발을 감춘 메리 앤은 그저 키 큰 한국인으로 보였다.
 "정 센터장님?"
 "회, 회장님!"
 "좀 쉬시라고 억지로 휴가 드렸더니 여기서 껍데기를 드세요?"
 "그렇게 됐습니다."
 한마디씩 주고받은 메리 앤과 정도영.
 곧 강서연에게 인사를 했다.
 메리 앤도 강서연을 한눈에 알아봤다.
 "요즘 영화는 어때요?"
 "해외 로케 끝나고 잠시 쉬게 되었어요. 며칠 후면 본격 촬영에 들어가요."
 "이분이 영화배우세요? 어쩐지……."

메리 앤과 강서연의 대화를 듣던 정도영이 크게 놀랐다.

그러자 강서연이 선글라스를 벗어 얼굴을 잠깐 보인 다음 다시 썼다.

"대박! 강서연이다."

정도영이 깜짝 놀란다.

"어쩐지 이상하더라고요. 제가 꼬실 때는 안 넘어오시더니 회장님이 꼬시니까 그냥 넘어오시기에 전 제 미모가 딸리는 줄 알았거든요."

"심지어 헌팅까지?"

"하하하! 우연히 지하철에서 만났어. 그래서 내가 정도영 씨도 소개시켜 드릴까 해서 장난 좀 친 거야."

"장난 아닌 것 같은데? 지하철 헌팅하려고 설마 메겐까지 따돌린 건 아닐까?"

"아니라니까?"

"이모! 우리 이제 껍데기 많이 주세요. 많이요. 소주도요."

메리 앤의 집중 포화에 이진을 구하려 정도영이 껍데기를 시켰다.

눈초리가 사나워지던 주인장 할머니는 그제야 표정이 풀렸다.

시간은 금방 지나가 저녁 시간이 되자 껍데기집은 발 디딜 틈이 없었다.

메리 앤과 강서연은 껍데기를 잘도 먹었다.

쫀득쫀득하게 구워진 벌집 돼지 껍데기에 소주를 곁들이자 풍미가 대단했다.

이진은 오랜만에 소주 한 병을 다 비웠다.

"서연 씨는 몇 살이라고 했죠?"

"예. 열여덟입니다, 사모님!"

"호호호! 사모님은요. 그냥 언니라고 불러요. 한데 경쟁률이 대단했다면서요?"

"예. 운이 좋았어요."

"서찬 씨가 운만으로 배역을 뽑을 사람은 아니죠."

"감사합니다."

강서연은 부끄러운지 고개를 숙이며 메리 앤의 질문에 대답했다.

운만으로 뽑지는 않았을 것이다.

그만큼 강서연의 외모는 독보적이었다.

어떻게 보면 아기 같으면서도 다르게 보면 성숙한 여성의 느낌이 풍긴다.

이진도 처음 보고 놀랐을 정도였으니까.

"한데 황금 같은 휴가일 텐데 어딜 가는 길이었어요? 나처럼 갈 곳 없어 무료로 운동하러 가는 길은 아니었을 테고……."

"그냥 음악 들으면서 지하철 타고 싶었어요. 최근 들어 지하철 탈 일이 없었거든요. 덕수궁에 들러 산책이나 할까……."

"가족은요? 집은 강남이세요?"

이진과 메리 앤은 정도영과 강서연이 대화를 나누도록 내버려 두었다.

정도영이 호구 조사에 들어갔다.

그러나 이진이 보기에 정도영과 나이 차가 너무 나서 맺어지기는 어려울 것 같았다.

게다가 강서연은 일약 스타덤에 오른 여배우다.

"최근에 강남 오피스텔로 옮겼어요. 저 혼자예요."

"혼자라면……."

"고아원 출신이에요."

이진과 메리 앤도 화들짝 놀라야 했다.

아무도 모르는 이야기였다.

"아, 미안해요."

"아니에요. 영화배우가 되려고 한 것도 사실 유명해지면 부모님을 찾을 수 있을까 해서……. 그러다 운 좋게 이번 캐스팅에 발탁된 거고요."

송서찬다운 캐스팅이었다.

테라 엔터테인먼트에서 공개 캐스팅에 나섰을 때 그 열기는 정말 뜨거웠다고 들었다.

명문 연극영화과 출신들이 거의 대부분 지원했고, 학원에 특별반까지 만들어졌다는 소문이 돌았다.

그런데도 전혀 알려지지 않은, 학벌도 없는 강서연이 뽑힌 것이다.

메리 앤이 강서연을 다독거렸다.
근데 그 말이 이진의 뼈를 때렸다.
"괜찮아요. 나도 고아 출신이에요."
"정말이세요?"
"예. 저도 어렸을 때 입양되어서 지금까지 컸어요."
"부모님을 안 찾으세요?"
"글쎄요. 아직 생각 안 해 봤어요. 그동안 너무 바빴거든요. 그리고 신경 써 줘야 할 사람이 도와주지도 않아서……."
정도영이 메리 앤과 이진을 번갈아 바라봤다.
부부간에도 할 수 없는 말이 있다던가?
정말 그런 모양이었다.
이진은 메리 앤에게 너무 미안했다.
그 정도면 충분히 해 줘야 하고, 할 수 있는 일인데?
바쁘고 일이 많다는 핑계로 미뤘다.
메리 앤이 찾고 싶지 않다고 말한 적도 있긴 했다.
이진의 불편한 마음을 눈치챘을까?
"사실 난 그다지 찾고 싶지 않았어요."
"어째서요? 원망하지는 않으셨을 것 같으신데?"
"정답! 원망은 안 해요. 만약 우리 부모님이 날 버리지 않았더라면 내가 저 인간을 만났을까요?"
"아! 풋!"
이진은 저 인간이 되어 있었다.

서민의 삶 • 137

껍데기도 타들어 가고 이진의 속도 타들어 갔다.

이진은 반성해야 했다.

문제는 이진이 메리 앤의 정확한 출생에 대해 아는 것이 없다는 것이다.

대충이다.

어머니 데보라 킴이 이진이 5살 때 8살인 메리 앤을 입양했다.

물론 할아버지의 허락을 받았다.

그러나 메리 앤의 정확한 출신에 대해서는 아무것도 기록되어 있지 않았다.

그 이유를 어쩌면 진짜 이진은 알았을 수도 있다.

그러나 지금의 이진은 알 방법조차 없었다.

"이제 우리 우울한 이야기는 그만하고! 건배 한번 할까요? 나 껍데기집에서 소주잔 부딪치는 거 정말 해 보고 싶었어요."

메리 앤의 목소리가 높아졌다.

그때 하필이면 바로 뒤 테이블에서 안 좋은 소리가 들려왔다.

"누가 들으면 어디 공주님인 줄 알겠네. 거, 조용히 좀 먹읍시다. 여자들이 왜 그렇게 목소리가 커?"

"죄송합니다. 조심하겠습니다."

자리에서 일어나려 하는 정도영을 잡아당긴 메리 앤이

마치 초등학생처럼 사과를 했다.

언짢은 마음에 바라보니 넥타이를 매고 있는 것으로 보아 직장인인 것으로 보였다.

저녁 시간이 되면서 퇴근한 직장인들이 테이블을 가득 채웠다.

이진도 박주운일 때 기억나는 것이 있었다.

첫 직장에서 월급을 탔을 때.

그때만큼은 정말 행복했었다.

시간이 지나면서 그 행복은 점점 현실의 무게에 눌려 삭여졌지만, 그래도 직장 동료들이랑 퇴근 후 한잔하는 기쁨은 제법 쏠쏠했다.

그것도 없었다면 아마 박주운의 삶은 더 삭막했을 것이다.

그러나 그 끝은 그다지 즐겁지 않았다.

현실 때문이었을 것이다.

지금 이진의 입장에서 돼지 껍데기집에서 떠들어 대는 사람들의 대화는 거의 의미가 없다.

누가 뭘 해서 돈을 벌었느니, 정치판이 어찌 돌아가느니, 연예인 누가 뭘 어쨌느니 하는 이야기들 말이다.

중요하지도 않고, 맞는 이야기들도 아니다.

그런데도 불구하고 문득 삶은 거기에 있지 않을까 하는 생각이 든다.

그게 맞든 아니든, 옳든 그르든.

그게 바로 서민 박주운이 이진이 되고서 깨달은 바였다.
"무슨 생각해?"
"자기한테 막말한 사람들 혼내 줄까 고려 중이었어."
무의식중에 나온 이진의 농담은 낮은 목소리였음에도 불구하고 방금 조용히 하라고 말한 사람들 귀에 그대로 들어갔다.
"당신, 방금 뭐라고 했어?"
"예?"
이럴 땐 이진도 당황했다.
메리 앤이 황급히 일어나 사과를 했다.
"농담이에요. 기분 상하셨다면 사과드릴게요."
"내가 왜 댁한테 사과를 받아. 네가 저놈 와이프라도 돼?"
사태는 이상하게 변해 가고 있었다.
소주를 두 병이나 마신 메리 앤도 평소 같지는 않았다.
어쩌면 부모님 이야기 때문이었을지도 모를 일이었다.
"그래, 내가 저놈 마누라다. 다들 하고 싶은 말 하면서 크게 떠드는데 내가 목소리가 높으면 얼마나 높았다고 그래?"
"뭐 이런 미친년이?"
결국 메리 앤이 꼭지가 돌고 말았다.
그리고 그 말에 더 꼭지가 돈 것은 당연히 이진이었다.
"뭐라고? 미친년? 너 지금 우리 와이프한테 뭐라고 그랬어?"

"이 자식이 근데? 새파랗게 젊은 놈이 어디다 대고?"
"당신들, 뭐야? 지금 누구한테 큰소릴 치는 거야?"

결국 정도영까지 합세하자 껍데기집 안에 있던 사람들의 시선은 싸움으로 집중되었다.

밖에서 급하게 메겐이 경호원 둘을 달고 달려오는 것이 보였다.

그때, 강서연이 선글라스를 벗더니 말했다.

"안녕하세요. 강서연이에요."
"강서연이다."
"퀀텀 월드 강서연이야. 안녕하세요?"
"사진 좀 찍어도 돼요?"
"강서연 씨, 너무 반가워요. 너무 예쁘세요."

큼.

강서연이 선글라스를 벗는 순간, 싸움은 순식간에 종료되었다.

시비를 걸었던 남자들도 머쓱해하며 다른 사람들에게 밀려났다.

급하게 경호원 둘을 데리고 들어오던 메겐도 이진을 노려본 후 다시 밖으로 나갔다.

"허허허! 이거 미안합니다. 난 강서연 씨인 줄 몰랐죠. 사과드릴게요."

심지어 시비가 붙었던 남자도 사인을 받으려 다가오다

민망한지 이진에게 손을 내민다.

"근데 무슨 사이세요? 같이 술도 드시고?"

"아, 예."

"그러고 보니 어디서 많이 뵌 분 같은데? 설마 테라……."

딱 여기까지면 좋았을 것을.

"테라 회장님 맞으시죠? 맞네. 이진 회장이다. 이진 회장이 껍데기 드시러 오셨네?"

"테라 유니버스 메리 앤 회장이닷! 내가 세계 최고 부자하고 같이 껍데기를 먹고 있었을 줄이야?"

껍데기집은 순식간에 아수라장이 되고 말았다.

한참 동안 이리저리 포즈를 취해 주고 사인을 해 주었지만 끝이 날 줄 몰랐다.

바깥으로까지 인파가 몰려들기 시작했다.

결국 얼마 못 가 일행은 경호원들에 둘러싸여 껍데기집을 자의 반, 타의 반에 의해 나서야 했다.

"내가 아까 그놈들 혼내 줬어야 하는데……."

"웃기시네."

돌아오는 길에 이진은 한마디 했다가 메리 앤의 핀잔만 받았다.

"정말 그러려고 했어."

"그랬으면? 그 사람들 가슴에 단 배지 못 봤어? 우리 계열 회사 직원들이었어."

"오호라! 그래서 좀 지나니까 꽁무니를 뺀 거구나?"

이진은 실소를 금치 못했다.

시비를 건 사람들이 테라 계열 회사의 직원들이었던 것이다.

혼내 주지 못한 것이 안타까웠었는데, 그 사람들이 지금 조마조마해할 것을 생각하니 웃음이 나왔다.

"사람들 말 참 함부로 해. 그치?"

"응. 거기다가 이제는 그 말이 날개를 달고 훨훨 날아다니니 더하지."

말의 홍수.

아니, 문자의 홍수다.

페이스북을 필두로 수많은 SNS들이 확인되지도 않은 정보들을 퍼 나른다.

한마디만 잘못하면 톡을 통해 매장당하는 세상이 되었다.

"잘 아시네요. 지금 SNS에 난리가 났습니다."

앞좌석에 앉아서 불편한 심기를 아예 드러내 놓고 있던 메겐이 머리를 홱 돌렸다.

"잘못했어요."

메리 앤이 다 죽어 가는 시늉을 했음에도 메겐을 막을 수는 없었다.

"테라 이진 회장, 강서연과 단둘이 종로 껍데기집에서 몰래 데이트……. 테라 유니버스 회장, 묘령의 남자와 불륜인가……. 또 뭐가 있더라?"

메젠이 테라 폰의 화면을 휙휙 넘겨 간다.

그사이 이진과 메리 앤은 간신히 웃음을 참고 있다가 결국은 터지고 말았다.

"푸하하하하!"

"오호호호!"

"이게 지금 웃을 일입니까? 내일이면 공중파에도 나오시겠습니다."

"푸후훗! 미안해요. 진짜 너무 소설 같은 이야기라……."

메리 앤이 황급히 사과를 했지만 웃음을 참지는 못했다.

"상황이 심각합니다. 강서연 양의 인기로 볼 때 충성 팬들이 무슨 짓을 저지를지도 몰라요."

"나는 팬 없어요?"

"팬 있으십니다. 테라 그룹 회장단이 팬이시잖아요."

"호호호홋!"

이진과 메젠의 대화에 메리 앤은 다시 웃음을 참지 못하고 배를 잡고 웃어 댔다.

곧바로 입을 다문 메젠이 부지런히 전화를 걸어 댔다.

어디에 거는 전화인지는 안 봐도 알 수 있을 것 같았다.

아마 홍보팀에 전화를 거는 것일 게다.

곧 계열사 홍보 부서는 대책을 강구하라는 지시를 받게 될 것이다.

"불필요한 일을 하셔서 여러 사람들 고생하게 생겼습니다."

"미안해요. 그냥 좀 답답해서……."

이진이 낮은 목소리로 메겐에게 다시 사과를 했다.

그제야 메겐이 정색을 하고는 말했다.

"송구합니다, 회장님! 신경 쓰지 않으시도록 제가 잘 대처하겠습니다."

"강서연 양에게 피해가 가지 않도록 잘 조치를 하세요."

"예, 회장님!"

제5장

그때 무슨 일이

재벌집 망나니
7대독자

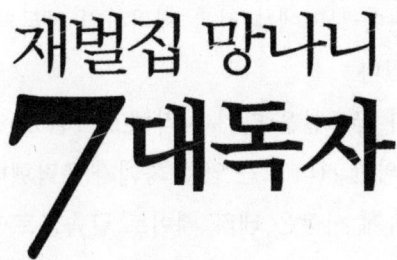

껍데기집 사건이 있은 후, 이진에 대한 루머가 한동안 실시간 검색어를 장식했다.

거기에는 늘 강서연이 따라붙었다.

그리고 악플로 도배되기 일쑤였다.

강서연이 스폰서를 제대로 물었다느니, 이진이 돈으로 강서연을 사려고 한다느니 하는 악플들이 계속해서 올라왔다.

누가 봐도 조직적으로 보일 정도였다.

다행인 것은 그나마 그 자리에 메리 앤이 함께 있었다는 것이었다.

적어도 이진에게는 그게 다행스러웠다.

괜한 오해를 받을 일은 없었으니 말이다.

그러는 사이 2017년이 저물고 새해가 밝았다.

새해 대통령의 신년사에는 적폐 청산을 지속하고 경제 성장에 맞게 국민의 삶을 개선하겠다는 내용이 담겼다.

그러나 이진이 보기에 테라를 제외하면 한국의 경제 성장은 형편없었다.

남북 관계가 급물살을 타기 시작했고, 1월 16일에는 테라 페이를 제외한 거의 모든 암호 화폐가 폭락했다.

세계 가상화폐 시장은 테라 페이로 급속도로 편입되고 있었다.

전년도에도 역시 사상 최대 실적을 갱신한 테라는 무소불위의 경제 권력을 더 탄탄하게 다지고 있었다.

정치권에서는 그런 테라를 곱지 않은 시선으로 바라봤다.

틈만 나면 30대 중반의 젊은이가 너무 거대한 경제 권력을 가진 것이 아니냐는 말이 나오곤 했다.

야권에서였다.

여권은 한동안 같은 뉘앙스의 보도 자료를 냈지만, 김정은과의 화해 모드에 들어서면서 이진의 나이 이야기를 걸고넘어지지는 못했다.

이진은 그게 더 웃겼다.

어차피 한국 정부나 정치권이 뭐라고 떠든다고 해서 달라질 것은 없었기 때문이었다.

❖ ❖ ❖

2월 9일 평창 동계 올림픽 초청 인사 명단에 올랐지만 이진은 참석하지 않았다.

메리 앤이 감기가 걸렸다는 것이 이유였다.

그러나 사실은 방학 중 미국에 있는 딸 이령과 셋째 이선을 보러 가 장기 체류 중이었기 때문이다.

이스트사이드 저택에서 설을 보낸 이진은 와타나베 다카기의 보고를 들어야 했다.

"그야말로 난타전이었습니다. 한동우 대검 특별수사부장이 NBS 보도국장실을 전격 압수 수색하자 정일영이 보도국 직원들과 연좌 농성에 들어갔습니다."

"허! 지랄들을 하네요. 이 추운 날씨에요?"

2018년 2월, 한국은 상당히 추웠다.

그리고 이번 해 여름이 얼마나 더울지도 이진은 알고 있었다.

"울며 겨자 먹기죠. 둘 다 아직 히든카드는 꺼내지 않고 있습니다. 언제든 한 방 먹일 준비를 하고 있는 거죠."

"너무 오래 끄네."

이진은 한동우와 정일영을 손봐 주기로 한 후 금방 일이 마무리될 줄 알았다.

그러나 둘은 서로 몸을 사려 가며 싸우고 있었다.

게다가 둘 다 친여권 성향이었다.

국회 의석수는 여당이 105석, 제1야당이 93석, 그리고 테라에서 주도한 제2야당인 민주번영당이 77석, 나머지가 25석을 채우고 있었다.

사실상 완전한 캐스팅 보드를 쥔 것은 민주번영당이었다. 이진이 민주번영당의 정책에 전혀 개입하지 않음으로써 의견이 분분해 결집력은 약했다.

그럼에도 이진은 개입하지 않았다.

나중에 한 방 크게 쓸데가 있으니 밀어주겠다는 표시만 했다.

정치 후원금도 공개적으로 민주번영당에 가장 많이 기부했다.

그것이 여당이나 제1야당에게 곱게 보일 리는 없었다.

아무튼 이진의 관심은 한동우와 정일영이었는데, 이 둘은 모두 여당에 줄을 대고 있어서인지 기대만큼 싸움이 빨리 번져 가지 않고 있었다.

바로 몰락의 길을 걸을 것 같더니 다시 일어서서 물고 뜯고 하는 것이다.

"한동우에게 차기 총장 자리를 미리 예약해 주는 것이 어떻겠습니까?"

"지금 검찰총장은요?"

"한국 검찰은 아주 고지식한 조직입니다. 현 검찰총장은 친여권이라고 보기엔 무리가 있습니다. 실제로 친여권인 검사가 총장을 맡아도 내부 반발에 쉽게는 움직이지 못할 겁니다."

"공수처는요?"

"그건……. 제 개인적인 의견을 물으시는 겁니까?"

와타나베 다카기가 한국인도 아니면서 대답을 쟀다.

"예. 그게 필요할까요?"

"특별한 기구를 만드는 것은 한국 정부에 지나치게 자주 있는 일입니다. 정권의 필요에 따라 움직이는 기구로 전락할 가능성이 큽니다."

"하지만 검찰의 위세가 너무 크잖아요? 아마 내가 미국 시민권자가 아니었다면 나도 잡아다 취조했을걸요?"

"하하하!"

"왜요?"

"말도 안 되는……."

"말이 돼요. 전 정권하고 관련된 경제인들은 다들 어떨 것 같아요?"

이진은 이미 기소되어 재판이 진행되고 있는 경제인들의 전도에 대해 물었다.

"제가 보기에는 적당히 고생시킨 후 집행유예 정도로 끝나지 않겠습니까?"

"바로 봤어요. 한데 전 정권 사람들은 아니죠. 아마 뿌리를 뽑으려고 할 거예요. 이미 지난번 겪을 만큼 겪었다고 여길 테니까요."

"그럼 민주번영당에 회장님께서 영향력을 행사하시면……."

"아니에요. 한 번만 써먹어야죠. 많이 먹으면 탈 나요. 그건 일단 미루고, 트럼프 이 자식이 그동안 준 게 얼만데?"

"아, 그럼 트럼프를 좀 건드려 볼까요?"

"예. 러시아 쪽과 연관된 정보들을 조금씩 민주당 쪽에 풀어 줘요. 난 공개적으로 트럼프에게 엿을 먹일 테니까요."

"어떻게 엿을……? 안 먹을 텐데요?"

"그 엿이 아니라……."

이진은 와타나베 다카기와 대화를 하다가 웃고 말았다.

어쨌든 이진은 갑자기 미국에서의 활동을 늘려 나갔다.

"트럼프 대통령의 정책에 대해 전반적으로 어떻게 생각하십니까?"

"전반적으로요? 어디 전반적이랄 것이 있나요?"

(패널들 웃음.)

"이 회장님도 이민자 출신의 조상을 두셨죠. 그럼 딱 집어 트럼프 행정부의 이민자 정책에 대해서는 어찌 생각하십니까?"

"만약 우리 조상들이 트럼프 대통령 집권기에 이민을 오셨다면 출입국 수속만 밟다가 돌아가시지 않으셨을까요?"

(패널, MC 크게 웃음.)

"그 말씀은 트럼프 대통령의 이민 정책이 잘못되었다는 말씀이시죠?"

"그럴 리가요? 만약 그렇다고 제가 공개적으로 말하면, 당장 우리 테라 에티오피아 기지 인근의 항모전단이 철수할지도 모르는데요?"

(모두 웃음.)

"그런 이야기는 그만하시고 다른 이야기나 하시죠."

"예. 회장님은 생방송 출연이 처음이신데 어떤 말씀을 하고 싶으십니까?"

"과거 제가 좋아하던 여인이 있었어요."

"와우? 이거 메리 앤 회장이 들으면 화를 낼지도 모르겠는데요?"

(모두 웃음.)

"아니요. 아마 좋아할 겁니다. 그 여자 이름이 힐러리였던가……. 아무튼 오늘따라 옛날이 그립네요."

(모두 웃음.)

처음으로 이루어진 NBS TV 리얼리티 쇼에 출연한 이진이 한 말이 미국 전역을 강타했다.

누가 봐도 노골적으로 트럼프를 지지하지 않는다는 뉘

앙스가 담겨 있었기 때문이었다.

이진의 의도였다.

트럼프는 테라에 그다지 우호적이지 못했다.

트럼프가는 사실상 테라가 공을 들일 만큼 규모가 큰 가문은 아니었다.

그럼에도 그 아버지를 봐 온 할아버지 이유는 꼬박꼬박 트럼프를 중요한 행사 자리에 초대하셨었다.

뭔가 일을 해낼 인물이라고 보신 것이다.

그러나 이진이 생각건대 할아버지가 살아 계셨다면 그 일을 후회하셨을 것이라고 확신했다.

문제는 경제가 아니었다.

한국이나 중국, 그리고 여러 외신들은 미국의 경제 정책을 비난하고 있었지만 이진은 좀 달랐다.

물론 다른 나라에 고통을 주는 것은 맞다.

하지만 트럼프는 이진이 보기에 경제를 잘 이끌고 있었다.

중산층이 살아나기 시작했고, 기업들도 고용을 늘리고 있었다.

물론 대부분의 고용 효과는 테라에 의해 발생한 것이기도 했지만, 어쨌든 자국 우선주의는 어느 정도 효과를 내고 있었다.

그러나 미국의 대통령치고는 지나치게 통이 작았다.

글로벌화된 세계의 질서를 미국우선주의를 앞세워 무너

뜨리고 있는 것이다.

그렇다고 이진이 정면으로 트럼프와 맞서려고 행동에 나선 것은 아니었다.

몇 대 카운터펀치를 날려서 경고를 한 것이나 다름없었다.

트럼프는 트위터를 좋아했다.

다음 날 트럼프는 이진이 미국인이 아니라 에티오피아인이거나 한국인이기 때문에 그런 말을 했을 것이란 글을 올렸다.

이진이 반격에 나서지 않아도 누군가가 나서 주었다.

바로 웨스트버지니아 주지사가 이진은 원래부터 미국인이며 웨스트버지니아의 영웅이라며, 트럼프 대통령이 치매를 앓는 것 아니냐고 비꼬았다.

세계 최강대국 대통령과 세계 최대 기업 총수 간의 공방은 어찌 되었든 미국인들을 한동안 즐겁게 만들었다.

이진은 계속 이스트사이드 저택에 머물며 틈만 나면 할아버지 때의 전직 관료들을 만났다.

그 이유는 지난 영화 제작 발표회에서 만났던 제니퍼 로렌이 한 말 때문이었다.

제니퍼는 한 사람의 이름을 말했었다.

그 이름은 바로 나타샤 블라디미르 코바코프.

벨라루스 여자 이름이었다.

"직접 본 적은 있으신가요?"

"물론입니다. 당시 스페츠나츠 비밀 요원으로 의심받던 안드레이 블라디미르 코바코프의 큰딸이었죠. 어린 나이였지만 아주 예쁜 마스크를 지녔었죠."

이진의 앞에는 백발이 성성한 노인이 편하게 소파에 몸을 묻은 채 대답하고 있었다.

"나타샤는 어떻게 되었습니까?"

"LA에 뿌리를 내렸지요. 코리안 2세와 결혼을 해서 역시 딸을 낳았습니다."

"……."

"아마 나타샤의 아버지 안드레이처럼 나타샤 역시 스페츠나츠 요원이었을 겁니다."

"그걸 단정하실 수 있나요?"

"물론입니다. 나타샤가 텔냐쉬카만 입은 채 군사 훈련을 받는 사진을 확인했으니까요."

이진이 고개를 끄덕였다.

텔냐쉬카는 러시아 군인들이 입는 내복이라고 보면 된다.

그것만 입고 훈련하는 모습을 포착했다면 해외의 비밀 기지에서 군사 훈련을 받았다는 증거로 보기에 부족함이 없었다.

"그럼 나타샤는 그 후에 안진성을 만났겠군요."

"예. 맞습니다. 안진성은 한국에서 유학 온 학생으로 알려졌지만 사실은 아니었습니다. 그도 스페츠나츠에서 훈련을 받은 요원이었죠."

"안진성은 어떻게 되었나요?"

"그는 CIA에 발각되어 체포되었습니다. 나중에 밝혀졌지만 그는 김일성이 모스크바로 보낸 유학생 출신이었습니다."

"그 후에는요?"

"더블 스파이가 된 거죠. 양쪽 다 이익이 맞아떨어졌어요. CIA도, 스페츠나츠도 테라에 막대한 재산이 숨겨져 있다는 믿을 만한 정보를 가지고 있었으니까요."

"CIA가 공식적으로 개입했다고 봐도 될까요?"

이진이 물었다.

노인이 답했다.

"노! 그럴 리가요. 독일에서 유럽 내 CIA 특수부대를 관장하던 부서가 따로 있었습니다. 스페츠나츠와 그들이 접촉한 거죠. 서로 이익이 맞아떨어졌죠."

노인은 그 말을 하더니 기력이 딸리는지 자꾸 고개를 숙였다.

이진이 자리에서 일어났다.

나머지는 다른 확인 절차를 거치면 될 것 같았다.

"메겐?"

이진이 부르자 메겐이 가방 하나를 들고 들어왔다.

"가방도 함께 실어서 댁으로 모셔요."
"예, 회장님!"

나타샤와 안진성.

안진성은 나타샤와 결혼해서 살았는데, 영어를 아주 능숙하게 구사하지는 못했다고 한다.

그래서 나타샤를 애칭으로 늘 메리라고 불렀다고 했다.

모두 증언들이었다.

그리고 테라의 기록에 남아 있는 증거.

메리 앤의 이름을 지을 때 어머니의 메리를 이름으로, 아버지의 안을 성으로 붙였다고 적혀 있었다.

할아버지 이유는 아주 노련하면서도 집요하시고 철저한 분이셨다.

분명 본명을 알면서도 일부러 이름을 그렇게 바꿨을 가능성이 높았다.

테라의 기록에 남아 있는 메리 앤의 출생에 대한 정보의 전부.

그게 바로 어머니의 이름은 메리이고 아버지의 성은 안이란 것이었다.

이진은 지금 메리 앤의 출생의 비밀을 추적하고 있었다.

그런데 그 퍼즐을 맞추다 보니 전혀 예상하지 못한 길로 들어서게 된 것이다.

이진의 아버지가 돌아가신 직후, 안나가 테네시의 보육 시설에 버려진 메리 앤을 입양했다.

그리고 정확히 이진이 5살 때 이곳 이스트사이드 저택으로 들여 함께 자라게 했다.

그때부터 메리 앤은 이진에게 하나밖에 없는 형제이자 친구였다.

그런 메리는 이제 이진의 아내가 되어 있었다.

단순하게 너무 신경 써 주지 못해, 늦었지만 가족의 생사라도 확인해 주자는 생각에 시작한 일이 이상한 방향으로 흘러가고 있었다.

게다가 제니퍼 로렌이 건넨 이름 하나가 지금 묘하게 연결되고 있었다.

누군가 제니퍼 로렌에게 메리 앤에게 치명타가 될 만한 정보를 준 것이 분명했다.

그것이 바로 메리 앤의 어머니 이름이었던 것이다.

메리 앤이 아마 출생에 대해 전해 들었다면 스스로를 의심하게 되었을 것이다.

그리고 어쩌면 그들과 접촉하려 했을 수도 있다.

제니퍼 로렌은 자신이 점찍은 이진의 곁에 늘 붙어 있는 메리 앤이 연적으로 거슬렸을 것이다.

그러던 중 누군가 접근해 메리 앤의 출생에 대한 비밀을 말해 줬을 수도 있었다.

제니퍼의 성격으로 볼 때 건수 하나 제대로 잡았다고 여겼을 수도 있었다.

그리고 그들의 요청대로 제니퍼 로렌은 이진에게 스포츠카를 한 대 선물했을 것이다.

그 차에 도청 장치가 되어 있었을 수도 있었다.

어쨌거나 제니퍼 로렌은 그 차를 이진이 타고 다니면 정말 메리 앤이 이진의 비서인지 아니면 연인인지 확인할 수 있을지도 모른다고 생각했을 것이다.

그때만 해도 이진이 거의 개망나니 짓을 하고 다니던 때라 충분히 그럴 만도 했다.

이후 자동차 사고가 나면서 제니퍼 로렌은 무언가 잘못되었다는 것을 느꼈을 것이고, 자연히 적극적으로 접근하지 못했던 것이 분명했다.

모두 박주운이 이진이 되는 순간 일어난 변화들이었다.

이제 와서 제니퍼 로렌이 그때 일의 단서가 될 만한 이름을 알려 준 이유는 이진이 자동차 사고에 대해 알고 그녀를 멀리했다고 생각했을 가능성이 높았다.

가장 큰 적이라고 여겼던 SEE YOU의 핵심 멤버들을 전부 제거한 후, 테라에 맞먹을 큰 적은 없었다.

그들은 세대가 이어지는 연결 고리가 끊기면서 우왕좌

왕하고 있었다.

 그런데 테라를 노렸던 다른 실체가 드러나고 있는 것이었다.

 이진은 이 문제를 확인하기 시작하면서 매우 조심스러워야 했다.

 메리 앤은 아내이자 아이들의 엄마.

 그녀의 마음을 다치게 하지 않으려면 혼자 조용히 이 일을 처리해야만 했다.

❖ ❖ ❖

 이진은 이틀 후 테네시에 위치한 성 가스파르 베르토니 보육원으로 향했다.

 "원래 이 보육원은 조지아 탠 사건으로 유명했던 시설입니다."

 "조지아 탠?"

 "예. 한때 뉴스 메인을 장식했던 사건입니다. 조지아 탠은 '현대 입양의 어머니'라고 불리기도 했습니다."

 "좋은 분이네? 근데 무슨 사건요?"

 "헐! 그게 조지아 탠이 미혼모의 아이나 가난한 집안 아이들을 아예 유괴해 학대하고, 좋은 집안에 비싼 값에 팔아먹었거든요."

"그럼 못된 여자네? 지금은 뭐 해요?"
"죽었습니다."
"잘 죽었네. 지금 그 말은 우리가 가는 보육원의 전신이 바로 거기란 거죠?"
"예. 그래서 드리는 말씀인데 굳이 그 곳을 방문하는 이유가……."
메겐은 오는 내내 불편한 심사였다.
이진이 보육원을 찾는 이유가 어쩌면 메리 앤의 과거를 캐기 위해서라는 걸 눈치챘기 때문일 수도 있었다.
"메겐은 내가 메리 흠이나 잡으려고 이곳에 온 거라고 여겨요?"
"그건 아닙니다, 회장님! 하지만 때로는 모르고 넘어가시는 것도……. 어차피 입양이 되신 건 다 아는 사실 아닙니까?"
"그렇죠. 나도 메리가 마음 다치는 건 싫어요. 근데 확인을 안 할 수 없게 되었어요."
"하지만……."
"걱정 말아요. 어떤 일이 있어도 이 일로 메리가 상처받지 않도록 노력할게요."
메겐은 이진이 다짐을 하고 나서야 입을 다물었다.
성 가스파르 보육원이 시야에 나타났다.
오래된 중세풍의 벽돌 건물로 딱 봐도 그 역사가 보이는 것 같았다.

메겐이 차 문을 열어 준 후 마중 나오는 수녀에게 이진을 소개했다.

"테라 회장님이십니다."

"안녕하세요. 베로니카 수녀예요. 그렇게 많은 기부금은 처음 받아 봤어요. 하나님의 영광이 함께하시기를……."

미국 사회에서 테라 가문은 개신교도로 인식하고 있었다.

그러나 정작 테라 가문은 무종교였다.

단지 미국 사회의 주류처럼 보이기 위해 오래전부터 집에 따로 예배당을 지어 놓긴 했다.

"반갑습니다. 도움이 되셨으면 합니다. 아이들을 좀 만나 볼 수 있을까요?"

"물론이죠."

"선물을 준비했습니다."

이진의 차를 뒤따라 온 대형 화물 트럭에서 경호원들이 부지런히 짐을 내렸다.

이진은 이곳을 찾기 전, 미국 전역에 있는 보육 시설에 무려 10억 달러를 기부했다.

그리고 성 가스파르 보육원에는 추가로 장기 운영 자금으로 1,000만 달러를 기부했다.

이어 한 트럭의 아이들 선물까지 가지고 왔으니 운영자인 베로니카 수녀의 얼굴에는 꽃이 활짝 피어 있었다.

"물론입니다. 가시죠."

이진은 곧바로 아이들을 만나러 갔다.

물론 그 일이 이곳을 찾은 목적은 아니었다.

아이들은 여러 인종이 섞여 있었고, 사내아이들보다는 여자아이들이 많았다.

그 수도 대략 100명에 육박했다.

이런 보육 시설이 미국 전역에 수도 없이 널려 있다.

물론 한국도 마찬가지였다.

테라 유니버스가 제3세계와 아프리카에 집중하고 있긴 했지만, 그렇다고 해서 아예 한국 내 보육 시설에 지원을 하지 않는 건 아니었다.

테라전자를 통해 매해 거액의 기부금을 내고 있었다.

또 메리 앤은 TV에 열악한 환경에 처한 아이들에 관한 내용이 나오면 예외 없이 10억 원 정도를 기부했다.

근 10년이 다 되어 가니 아마 그 돈만 해도 어마어마할 것이다.

언젠가 그런 메리 앤의 기부에 대해 한 미국 상원의원이 비난을 쏟아 냈었다.

미국인이면서 미국의 어려운 아이들은 나 몰라라 하고 다른 나라 아이들에게는 사치스럽게 살 정도의 돈을 안긴다고 말이다.

물론 메리 앤은 반응하지 않았다.

이진도 그랬다.

이진과 메리 앤은 눈앞에 보이는 고통을 덜어 주는 데 집중하는 것이 오히려 낫다고 여기고 있었다.

대부분의 자선 단체들은 비용이 너무 많이 들어간다.

테라 유니버스도 예외는 아니었다.

아무리 줄이려고 해도 인건비와 그 외 사업 비용이 천문학적이다.

메리 앤은 그 문제를 때때로 한탄하곤 했었다.

만약 그런 비용도 아이들에게 쓸 수 있다면?

얼마나 많은 아이들이 혜택을 받게 될까 하면서 말이다.

이진은 그 말을 들을 당시 돈을 내놓으라는 소리로 들어 메리 앤이 흡족할 만큼의 추가 지원금을 내놓아야 했다.

아이들과 준비해 간 점심을 먹고 선물을 나눠 주고, 함께 놀다 보니 몇 시간이 훌쩍 지나갔다.

오후 3시가 되어서야 이진은 베로니카 수녀와 원장실에 마주 앉을 수 있었다.

"너무 감사드려요. 많은 기부자분들이 다녀가셨지만 대부분 입양이나 기부금 내역을 발급받는 것에만 관심이 있으셨는데……."

"별말씀을요. 사실 저도 다른 목적도 있습니다."

베로니카 수녀의 감사 인사에 이진은 쓴웃음을 삼키며 본래의 목적을 꺼내야 했다.

"어떤……? 설마 입양은 아니시겠죠?"
"예. 아쉽게도 그건 아직 아내와 상의를 하지 못했습니다."
"그러실 거예요. 셋을 키우고 계시잖아요."
"예. 저는 이곳에서 입양된 아이의 부모에 대한 인적 사항을 확인해 보고 싶습니다."
"예? 하지만 그건 제가 들어드릴 수 있는 일이 아니에요."

엄청난 기부를 했음에도 위법하다는 이유 하나만으로 베로니카 수녀는 기록 열람을 곧바로 거부했다.

이진은 다행스러운 일이란 생각이 들었다.

그리고 베로니카 수녀에 대한 신뢰가 갔다.

웬만한 사람들은 테라 회장이라는 위세와 혹시나 하는 기대에 뭐든 내놓으려 한다.

아마 간이나 쓸개를 내놓으라고 해도 액수만 맞는다면 주겠다고 달려들 사람 천지였다.

그런데 베로니카 수녀는 달랐다.

그리고 문제가 될 것도 없었다.

"제 아내 일입니다."
"예? 설마요? 테라 유니버스 회장님이 우리 보육원 출신이라고요?"

이진의 말에 베로니카 수녀가 깜짝 놀랐다.

"좀 오래된 일입니다. 정확한 입소 시기는 모르지만, 8살 때까지 이곳에서 지냈습니다. 이후 입양이 되었죠."

"그러셨군요."

"제가 남편인데 아직까지 아내의 부모를 찾아 주는 데 소홀했습니다. 그래서……."

이진이 설명을 할 때 메겐이 서류 봉투 한 장을 테이블 위에 내려놓았다.

메리 앤이 입양될 당시의 서류다.

베로니카 수녀는 그 서류를 꼼꼼히 확인했다.

그러고는 입을 열었다.

"그럼 기록 열람을 허용해도 되겠네요. 잠시만 기다리세요."

베로니카 수녀가 밖으로 나갔다.

기다리는 시간이 제법 길었다.

거의 한 시간쯤 지나서야 서류 뭉치 하나를 들고 나타났다.

"오래된 기록이라……. 찾는 데 시간이 걸렸어요."

"감사드립니다."

"그럼 시간을 드릴 테니 한번 살펴보시겠어요? 복사나 반출은 금지예요."

"예."

이진은 웃으며 대답했다.

베로니카 수녀가 자리를 비워 주자 이진은 서류 열람에 들어갔다.

다른 서류들은 확인할 것이 없었다.

가장 최근에 메리 앤의 입양 기록을 열람하려 했던 사람만 찾으면 된다.

아무 관계가 없는 사람이 메리 앤의 입양 기록을 열람할 리는 없으니, 분명 가족일 가능성이 높았다.

2000년 이후 열람 기록은 2개가 나왔다.

하나는 2006년으로 박주운이 이진이 되기 전이다.

부친이라고 주장한 것으로 볼 때 누군가 의도를 가지고 기록에 접근한 것이 확실했다.

당시에는 베로니카 수녀가 원장이 아니었다.

그래서인지 기록 열람은 쉽게 허락이 된 모양이었다.

이후는 2010년.

친모라고 주장하는 사람이 열람을 원했었다.

직접 밝힌 이름도 같았다.

바로 나타샤였다.

'이거네.'

전화 열람 기록이었는데 발신지는 벨라루스.

기록 열람은 서류 불충분으로 허용되지 않았다.

서류를 보낸 후 재요청을 요구했지만 다시 연락은 오지 않은 것으로 보인다.

늦게나마 메리 앤의 어머니가 메리 앤이 현재 어디에 있는지 찾으려고 했던 것으로 보였다.

이진은 그 기록에 나온 주소와 전화번호를 적은 후 메겐에게 말했다.

"돌아가는 대로 알아보세요."
"예, 회장님!"

 벨라루스는 제2차 세계대전 이후 소비에트 연방에 편입되었다.
 이후 1991년 8월 25일 정치적, 경제적 독립을 선언한 후 국명을 벨라루스 공화국으로 바꿨다.
 러시아의 북서쪽에 위치하고 있는 데다가 많은 러시아 인구의 유입으로 인해 아직 러시아의 영향권에 있다고 봐도 무방한 나라였다.
 이진이 지시를 내린 이후, 나타샤라는 여자가 벨라루스의 수도인 민스크 외곽에 거주하고 있다는 정보가 들어왔다.
 모든 기록이 메리 앤의 생모와 일치했다.
 그러나 이진은 곧바로 민스크로 달려가지는 않았다.
 그사이에 과거 스페츠나츠와 CIA 특수 부서와의 연합으로 만들어진 조직이 아직도 활동 중이라는 정보가 들어왔기 때문이었다.
 그것도 그것이었지만, 메리 앤의 생모가 생존해 있음을 확인한 마당에 계속 비밀로 유지할지 아닐지를 결정해야 했다.

지금까지, 적어도 박주운이 이진으로 바뀐 이후 메리 앤과의 사이에서 개인적인 비밀이란 것은 원래의 이진이 아니란 사실밖에는 없었다.

더구나 메리 앤과 관련된, 그것도 장모의 존재를 무작정 숨길 수만은 없었다.

서울에 도착한 이진은 곧바로 벨라루스 방문 계획을 세웠다.

가장 바빠진 곳은 주한 벨라루스 대사관이었다.

이어 얼마 지나지 않아 벨라루스 정부로부터 이진이 민스크를 방문하면 국빈으로 예우할 것이라는 회신이 돌아왔다.

이진의 민스크 방문이 공식화되자 매스컴이 떠들썩해졌다.

해석도 다양했다.

이진이 큰 나라도 아닌 콕 집어 벨라루스의 민스크만을 방문하는 것이 의외이긴 했다.

메리 앤도 태클을 걸어왔다.

메리 앤의 태클은 벨라루스의 민스크 국제공항에 도착할 때까지 이어졌다.

그러나 전용기에서 내리면서부터는 만면에 환한 미소를

지었다.

일종의 접대용 미소였다.

공항에는 벨라루스의 3부 요인들이 총출동해 있었다.

심지어 민간 항공기의 이착륙을 이진의 전용기가 도착하는 시간에 맞춰 지연시키는 퍼포먼스(?)까지 벌였다.

푸첸도 이런 대접은 받지 못했다며 메겐이 흡족해했다.

루카첸코 대통령과 인사를 나누고 이어 군부의 장성 한 명과 의회 의장과도 인사를 나눴다.

이어 테라전자 벨라루스 지사장과 테라 유통 지사장이 인사를 했다.

"벨라루스에 오신 것을 환영합니다. 회장님의 방문으로 벨라루스는 축제 분위기입니다."

"그래요? 돈 많이 쓰고 가야 한다는 말로 들리네요."

"하하하! 그러셨습니까? 이미 전해 들은 바로는……."

"아, 참! 내가 부탁한 건 호텔 도착하면 바로 준비해 주세요."

이진은 전자 지사장의 발언을 곧바로 막았다.

벨라루스 정부에서 이진을 환영하는 것은 당연히 비즈니스였다.

또 이진은 이미 입국 전에 벨라루스 정부와 국민에게 엄청난 돈을 떠안겼다.

고작 10년도 안 된 시간에 에티오피아의 눈부신 성장을 지켜본 벨라루스 정부가 기대할 만도 했다.

벨라루스도 모자라 바로 옆 나라인 폴란드에서도 이진의 방문을 학수고대한다는 성명까지 발표할 정도였다.

곧바로 환영 행사가 이어졌다.

소년, 소녀에게 꽃바구니를 받는 것으로 환영 행사가 종료되자 이진은 호텔로 향했다.

호텔 앞쪽 도로에는 중무장한 경찰 병력이 장갑차까지 동원해 삼엄한 경비를 펼치고 있었다.

호텔 입구에서 기다리는 사람은 와타나베 다카기였다.

"오시느라 고생하셨습니다."

"나보다야 메리가 고생했죠."

"유니버스 회장님의 벨라루스 방문을 환영합니다."

"갑자기 왜 그러세요? 두 분이 아주 쿵 하면 짝이시네요."

평소와 다른 와타나베 다카기의 인사 멘트에 메리 앤이 어이없다는 표정으로 웃고 말았다.

그래도 좀 풀리긴 했다.

미국에서 딸 이령의 수학경시대회 참가가 있어 메리 앤은 그곳에 가고 싶어 했다.

그런데 이진의 동행 요청에 가지 못해 계속 뿔이 나 있기도 했다.

호텔 객실로 들어가자 메리 앤은 먼저 아이들에게 전화부터 걸었다.

한참 동안 떠드는 사이, 와타나베 다카기가 슬쩍 눈치를 보다가 입을 열었다.

"조금 이른 감이 있습니다."

"왜요?"

출국 전에 이미 메리 앤의 생모인 나타샤 블라디미르 코바코프의 생존을 확인했었다.

그런데 이른 감이라니?

"미국에서 나타샤 안으로 이름을 바꿨었습니다. 한데 이곳에서 다시 결혼을 한 모양입니다."

"그게 뭐가 문제예요?"

"그게……"

와타나베 다카기가 슬쩍 메리 앤이 들어간 방을 바라본다.

메리 앤이 양반은 아닌 모양이었다.

곧바로 나오는 메리 앤.

"애들 다 잘 있대."

"령이는?"

"수학경시대회 1등 했대."

"잘했네."

"자기, 너무 건조한 거 아니야?"

"뭐가?"

"늘 1등 한다고 좋아하지도 않잖아."

"내가 언제? 그리고 령이가 사실 고딩 레벨은 아니지. 칼

테크 교수들도 두 손, 두 발 다 들었는데……."

이번에 이령이 참가한 대회는 전미 고등학교 수학경시대회였다.

그러니 사실상 칼테크 교수들과 노는 딸에게는 맞지 않는 대회였다.

그러나 미국에서도 형식 요건이란 것이 필요했다.

그리고 점수는 그냥 주지 않는다.

해서 참가한 것이다.

메리 앤은 그런 것을 빤히 알면서도 마치 수험생을 둔 부모처럼 굴려고 했다.

이진은 바쁜 테라 유니버스 활동에도 불구하고 그녀의 마음에 무언가 공허함이 자리 잡았다는 것을 알 수 있었다.

"그래, 그럼 비즈니스 하셔. 난 샤워할게."

"헐! 샤워랑 비즈니스는 좀……."

쾅.

메리 앤이 방문을 세게 닫고는 사라져 버렸다.

"후우! 일단 나갑시다."

이진은 메리 앤을 남겨 두고 와타나베 다카키와 함께 호텔 커피숍으로 향했다.

호텔 커피숍 입구에서 경호원들이 다른 사람의 출입을 막았다.

시킨 것도 아닌데 이미 호텔은 모든 객실을 비운 상태였다.

이진의 전용 호텔이 된 것이다.

경호팀의 요구도 있었겠지만 분명 호텔 측에서 자청한 일이기도 했을 것이다.

이제 이진이 출국하면 이곳저곳에 테라 회장 부부가 묵은 방부터 시작해서 먹은 곳, 싼 곳이 구분될 것이다.

어쨌든 이진의 마음은 바빴다.

"나타샤에게 무슨 문제가 있어요?"

"성을 바꿨습니다. 성이 이브라첸코입니다."

"이브라첸코면? 아, 그 러시아 마피아 놈? 그놈이 설마 우리 장모님이랑 결혼한 건 아닐 테고……."

메리 앤은 아예 나타샤를 장모님이라고 지칭했다.

와타나베 다카기의 표정이 굳어졌다.

"예. 물론 아닙니다. 하지만 현재 남편인 드미트리 이반이 이브라첸코 조직의 조직원입니다."

"가족은요?"

"나타샤에게……. 죄송합니다."

"아니에요. 일단 편하게 갑시다."

"예. 그게… 드미트리와의 사이에서 난 아들이 둘 있습니다. 그리고 다 큰 딸이 한 명 더 있습니다. 나이로 생각해 볼 때 메리 앤 회장님의 친동생이 분명합니다."

이진은 깜짝 놀랐다.

메리의 친동생이라니?

"몇 살인데요?"

"올해 서른입니다."

"그럼 맞네."

이진은 메리 앤의 아버지 안진성이 죽은 해와 메리 앤이 버려진 해, 그리고 나타샤가 미국에서 행방을 감춘 해까지 떠올려 가며 계산해야 했다.

분명 안진성의 딸이 분명하다.

그럼 메리 앤의 친동생이자 처제가 되는 것이다.

"어디 있어요?"

"그게… 댄서입니다."

"민스크에서?"

"예."

"나타샤는요?"

이진은 처음에 장모님이라고 불렀다가 호칭을 바꿨다. 무엇보다 말 가리느라고 대화가 늘어질 것 같아서였다.

지금은 촌수를 따질 때가 아닌 것 같았다.

"민스크 하렘 지역 유흥가에서 살고 있습니다."

"가 봅시다."

"회장님!"

"왜요?"

"그게… 거기는 매춘굴입니다."

"뭐라고요?"

이진은 깜짝 놀랐다.

그리고 다시 물어야 했다.

"설마 나타샤나 메리 동생이……."

"아, 아닙니다. 나타샤는 드미트리 조직의 자금원인 클럽에서 회계를……."

"입장권을 팔고 있고, 동생은요?"

"댄서입니다. 그쪽은 아니고 시내 중심가의 클럽입니다. 이곳에서 멀지 않습니다."

"댄서라면 어떤?"

"그게……."

와타나베 다카기가 더 이상 설명하지 않아도 알 수 있었다. 스트립 댄서인 것이다.

이진은 이 사태를 어찌 수습해야 할지 답이 나오질 않았다.

대체 러시아 스파이였던 나타샤는 왜 그런 삶을 살게 된 것일까?

그리고 안진성은 어째서 젊은 나이에 죽게 된 것일까?

메리의 부친이 미국에서 병사했다고 테라의 기록에는 남겨져 있었지만 사실이 아니었다.

안진성은 살해당했다.

총에 맞아 죽은 것이다.

그리고 나타샤는 살아남긴 했는데…….

"FSB(러시아 연방 보안국)하고는요?"

"관계는 오래전에 끊긴 것으로 보입니다. 하지만 언제든 복원될 수 있는 것이 스페츠나츠 조직입니다. 게다가……."

와타나베 다카키의 설명이 이어지자 이진은 손을 들어 제지했다.

다 아는 이야기다.

KGB가 FSB가 되었다.

그러나 스페츠나츠는 그 안의 조직이다.

아마도 이름은 달라도 그들만의 조직을 포기하지는 않았을 것이고, 여전히 자신들과 비슷한 CIA 내의 특수 조직과 연관이 있을 것이다.

스페츠나츠에서 탈퇴란 있을 수 없다.

그럼에도 메리 앤의 어머니인 나타샤가 그들로부터 자유롭다면 아마도 버려졌을 가능성이 높았다.

"어쨌든 그 골동품 사러 다니던 놈……."

"이브라첸코입니다."

"그놈 조직하고는 연관이 있을 수 있단 말이잖아요?"

"예. 직접적이든 간접적이든 그렇습니다."

결론은 두 가지로 나누어진다.

첫째는 가족들의 상황이 메리 앤에게 보이기에 처참한

상황이란 것.

둘째는 여전히 러시아와 연관이 있을 수 있다는 것이었다.

이진이 마음 턱 놓고 접근해 '장모님! 처제!' 이렇게 부르기에는 위험 부담이 높았다.

게다가 메리 앤이 그 꼴을 보면?

"일단 동생을 호텔에 데려다 놓으세요."

"예, 회장님!"

이진의 말에 와타나베 다카기가 물러갔다.

이진이 객실로 올라오자 메리 앤이 기다리고 있었다.

"무슨 비밀 이야기를 하느라고 둘이 호텔 커피숍까지 가서 밀담을 나눠?"

"밀담은 무슨. 보고받을 일이 있다고 해서……."

"흥! 나 눈치 100단이거든요? 한국 아줌마를 우습게 보네?"

"하하하! 그랬나?"

"뭔데? 라벤더야. 메겐이 가져다 놨어."

메리 앤이 찻잔을 들면서 물었다.

메겐이 오늘 있을 일에 대비해 차까지 라벤더로 준비한 모양이었다.

이진도 찻잔을 들었다.

"전에 내가 메리 가족 이야기한 적 있었지?"

"응. 있었지. 근데 난 생각도 안 나."

"사실은 그것 때문에 여기 온 거야."

"뭐?"

메리 앤이 찻잔을 홀짝거리다 내려놓는다.

얼굴에는 궁금증보다 의아함이 묻어났다.

이진은 그게 다행이란 생각이 들었다.

"가족을 찾았어. 어머니는 살아 계셔."

"……."

메리 앤은 아무런 말도 하지 않았다.

그렇다고 눈물을 보이지도 않는다.

충격을 받은 것인지 아니면 아무런 감흥이 없는 것인지조차 알 수 없는 표정을 짓는다.

"그래서 말인데……."

"왜 쓸데없는 일을 해?"

"그래도……."

"난 아무 기억도 안 나. 사실 알고 싶지도 않아. 그리고 이제 와서 가족을 찾아서 뭘 어쩌겠다고?"

"그래도… 살아 계신데 모른 척하는 것은……."

이진의 말에 메리 앤이 고개를 돌렸다.

이진은 가만히 다가가 어깨를 감싸 안았다.

그제야 눈물을 보이는 메리 앤이다.

하지만 더 처참한 현실이 남아 있었다. 그래서 이진은 조심해야 했다.

"찾았단 이야기네? 그 여자는 살아 있어?"

메리 앤은 생모 나타샤를 엄마가 아니라 그 여자라고 말한다.

"살아 계셔. 그리고……."

"뭐야? 가난해? 아니면 결혼해서 다른 애가 있어?"

메리 앤의 말에 이진은 난감했다.

'다 맞아.'라고 말해야 하나?

이진은 먼저 동생 이야기부터 해야 했다.

"이건 나도 오늘 안 사실인데, 메리에게 친동생이 있어."

"…뭐?"

이진의 말에 메리 앤은 눈을 동그랗게 떴다.

엄마인 나타샤는 기억도 나지 않을 것이다.

그러나 친동생이 있다는 말에는 큰 충격을 받은 것이 분명했다.

"친동생, 그러니까 장모님과 장인어른 사이에 태어난 동생 말이야."

"말도 안 돼. 그게 어떻게……?"

메리 앤은 너무 놀라 혼미해지는지 몸을 가누질 못했다.

이진은 그런 그녀를 끌어당겨 붙들어야 했다.

메리 앤은 이진의 어깨에 얼굴을 묻은 채 들지 못했다.

이진은 그녀의 가늘게 떨리는 심장 소리를 들으면서 가만히 기다려야 했다.

대략 10분 정도 기다리자 메리 앤이 머리를 들었다.

그리고 찻잔을 들어 단숨에 들이켰다.

"들어나 보자."

"아마 나타샤가 미국에서 동생을 낳았나 봐. 그리고 키웠고."

"난 버리고?"

"으응. 메리!"

"사실이잖아. 그래서? 그 애는 어디에 있는데?"

"이곳 민스크에……."

"뭘 하는데?"

"댄서래. 이곳에서 멀지 않은 곳에서 일을 하나 봐."

"그럼 가 보자."

메리 앤은 어머니 나타샤와는 다른 반응을 동생에게 보였다.

"잠시만 기다려. 내가 데려오라고 했으니까."

"그럼 내려가서 기다려."

메리 앤이 서둘러 화장을 고치더니 옷을 갈아입고 나섰다. 이진은 하는 수 없이 뒤를 따라야 했다.

그러나 이 일이 잘된 것인지는 알 수 없었다.

호텔 커피숍에는 검정색 웃옷을 거친 검은 머리의 여자

한 명이 앉아 있었다.

키는 대략 170센티미터 정도로 메리 앤보다 한참 작았지만 평균적인 여자들보다는 컸다.

게다가 분위기는 메리 앤에 비해서 상당히 동양적이었다.

녹색인 눈동자를 제외하면 한국 사람이라고 해도 믿을 정도로 동양인으로 보였다.

"저기… 언제까지 이러고 있어야 하나요?"

"한국말도 하시네요."

"예. 아버지가 한국 분이세요. 정확히 말하자면 북한 분이라고 해야 할까요?"

"예?"

와타나베 다카기가 안에서 여자 경호원 둘과 함께 젊은 여자와 대화를 나누고 있었다.

"호호호! 아무튼 아버지가 원래 북한 분이셨대요. 그러다 미국으로 가신 모양이에요. 성함을 들으니 일본 분 같으신데……?"

"아, 예. 아가씨! 일본인이지만 한국인이나 다름없습니다."

와타나베 다카기가 깍듯하게 대답했다.

"저도 그래요. 친아빠가 조선 사람이라서 그런가……. 한국말이 이상하리만큼 잘 배워져요."

"성함이 미아 이브라첸코라고 하셨죠?"

"예."

"그러셨군요. 왜 성을 바꾸셨는지는 아세요?"
"아니요. 제가 어렸을 때라……. 그런데 저기… 죄송하지만 여기 오기만 하면 2만 달러나 주신다고 하셨죠?"
"예. 물론입니다."
와타나베 다카기는 당황했다.
직원들을 시켜 데려오도록 했는데 아마도 돈을 미끼로 데려온 모양이다.
2만 달러라니?
"테라 페이로 주셔도 되는데……."
"저기, 아가씨! 돈 걱정은 안 하셔도 됩니다. 일단 만나 뵐 분을 만나 보시면……."
"제가 돈이 급하거든요. 그래서……. 혹시 다른 것도 해야 하나요?"
와타나베 다카기는 급해졌다.
여기서 더 나아가면 안 될 것 같았다.
"그냥 이야기만 들으시면 됩니다. 다른 것은 없습니다."
"춤도 안 추고요?"
"물론입니다. 이 자리에서 대화만 나누시면 됩니다."
"그걸 믿으라고요? 2만 달러에 그냥 대화요?"
"예."
그때 메리 앤이 문을 박차고 나타났다.
"회, 회장님!"

메리 앤은 밖에서 한참 동안 울면서 서 있었다.

이야기를 모두 들은 것이다.

이진은 뭐라고 위로할 수도, 가까이 접근할 수도 없었다.

결국 들을 이야기를 다 들은 후에야 메리 앤이 안으로 들어간 것이다.

이진이 얼른 따라 들어갔다.

"나가 계세요."

"예, 회장님! 송구합니다."

미아 이브라첸코는 일어서서 어쩔 줄 몰라 하고 있었다.

메리 앤이 자리에 앉자 한참 동안 그녀를 바라보던 미아 이브라첸코.

갑자기 눈을 동그랗게 뜨면서 입을 열었다.

"설마 테라 유니버스 회장님이세요?"

"그건 또 어떻게 알았어?"

메리 앤은 예상과는 달리 차가웠다.

"잡지에서 몇 번 뵈었어요. 친구들이 저랑 닮았다고 이야기를 해서요."

"그래? 난 스트립 댄서 같은 일은 안 하는데?"

"메리!"

이진이 황급히 말리고 나섰다.

아무리 친동생이라고 해도 마음 아픈 말을 들으면 가슴에 비수처럼 남게 마련이다.

이진은 그게 염려스러웠다.
"당신은 가만히 있어요."
"예."
메리 앤의 독한 눈빛에 이진은 뒤로 물러나야 했다.
눈치를 챈 것은 미아였다.
"설마……. 그럼 테라 회장님이세요?"
이진은 그냥 웃으면서 고개만 끄덕였다.
"앉아."
"…예."
미아가 자리에 앉는다.
앉으라고 말한 메리 앤은 그냥 눈물만 흘리고 있었다.
"저기……."
"가만히 있어 봐. 그래서? 스트립 댄서를 해야 할 정도로 돈이 궁했어?"
"메리!"
다시 이진이 제지를 했다.
그러나 이미 소용이 없었다.
"회장님이 뭘 아신다고 그런 걸 물으세요?"
"그러니까 말해 봐. 왜 남들 앞에서 옷 벗어 가며 그런 일을 해야 했는지."
"빚이 많아서 그래요. 아빠는 일찍 죽었고, 새아빠는 러시아 마피아 조직원이거든요."

"……."

"벗어나 보려고 했지만, 엄마가 계속 빚을 지는 통에 달리 방법이 없었어요. 마지막으로 10만 달러만 주면 우리 모녀를 벗어나게 해 주겠다고 했어요."

묵묵히 듣고 있던 메리 앤이 입을 열었다.

"드미트리가?"

"드미트리도 아세요? 저 2만 달러 주세요. 그만 갈래요."

"정말 10만 달러를 주면 그놈이 엄마와……."

메리 앤이 말을 하다가 입을 다물었다.

"엄마라니요? 왜 우리 엄마가 회장님 엄마… 설마? 분명히 언니는 죽었다고 했는데……?"

이제 사실을 밝히고 눈물의 상봉이 시작되려나 싶었다.

그런데 문이 열리며 메겐이 나타났다.

'Why?'

이진은 입만 벙긋했다.

그런데도 메겐은 이진의 팔을 잡아끌었다.

메리 앤도 눈짓을 했다.

나가라는 말이었다.

이진은 하는 수 없이 메겐에게 붙들려 나와야 했다.

"왜 그래요?"

"두 분만 있으면 하셨어요."

"그랬어요? 그래도 그렇지……."

"조금만 기다리시면 됩니다, 회장님!"

"쿵!"

이유를 따졌지만, 메겐은 메리 앤의 부탁이었다고 말할 뿐이었다.

한참이 지난 후에야 문이 열리더니 메리 앤이 손짓을 했다.

이미 메리 앤의 눈은 퉁퉁 부어 있었다.

그리고 미아도 마찬가지였다.

눈 화장이 번져 마치 조커처럼 보였다.

"그래, 대화들은 다 나눴고?"

"미안해요. 여긴 네 형부!"

"아, 안녕하세요. 전……."

미아가 더듬자 이진이 얼른 나섰다.

"알아요. 처제잖아."

"예? 아… 예."

"그럼 처제 한번 안아 볼까?"

"예."

미아가 이진에게 안겼다.

이진은 그냥 말없이 등을 토닥거려야 했다.

메리 앤이 자리에서 일어났다.

"나하고 미아하고 객실에서 이야기 좀 나눌게."

"그, 그래. 할 이야기가 많을 테니 오늘은 내가 양보할게."

이진은 너스레를 떨어야 했다.

둘을 스위트룸에 들여보내고 이진은 음식을 들여보냈다.
동행한 요리사를 불러 특별한 음식과 케이크를 만들게 했다.
그런데 아무리 생각해도 좀 이상했다.
메리는 지금까지 자기 가족 이야기를 꺼낸 적이 없었다.
알지도 못한다고 했다.
한데 오늘은 좀 달라 보였다.
희비가 교차해 감정을 가누지 못한 건 사실이지만, 그렇다고 기대(?)만큼은 아니었다.
메리 앤을 위해 만든 자리인데 메리가 지나치게 이성적이었다.
이진이 다른 객실에서 곰곰이 생각하고 있을 때 전화가 왔다.
바로 데보라 킴이었다.
"어머니!"
(우리 회장님! 벨라루스라며?)
"예."
(혹시나 해서 묻는 건데, 메리 가족 때문이니?)

이진은 데보라 킴의 말에 놀라야 했다.

메겐이 보고를 한 것일까?

그럴 리는 없었다.

아무리 메겐이 친 메리 성향이라지만 지킬 것은 지키는 원칙주의자였다.

"그건 어떻게 아셨어요?"

(그런 거면 미리 말을 하지. 아마 아가 마음이 편하지 않을 게다.)

"왜요?"

이진은 다시 물어야 했다.

잠시 뜸을 들인 데보라 킴이 말을 이었다.

(메리가 필립스 고등학교 다닐 때였을 게다. 그때 이미 가족의 행방에 대해 알았었어.)

"예? 한데 여태 왜……?"

(메리가 선택한 거야. 그러니 화내지 말렴.)

"화 안 내요. 한데 왜 여태 숨긴 거예요?"

(그것도 메리가 선택한 거야. 안나가 곧 도착할 거다. 물어보고 네가 이해해 줬음 해.)

"예. 미국 들어가면 뵐게요."

이진은 전화를 끊었다.

그리고 2시간쯤 후, 객실 밖에서 안나의 목소리가 났다.

"언제 출발한 거야?"

"회장님 떠났다는 소리 듣고 곧바로요. 미리 방문 계획도 있으셨잖아요."

이진은 안나가 코트를 벗고 자리에 앉기를 기다렸다.

"몹시 궁금하시죠?"

"궁금하지. 아이 엄마 일인데……."

차를 한 모금 마신 안나가 입을 열었다.

이진이 태어나고 얼마 후, 안나는 이곳저곳을 돌며 테라 가문의 전통대로 함께 자랄 여자아이를 섭외 중이었다고 한다.

그러다 테네시의 한 보육원에서 8살인 메리를 만났다고 했다.

할아버지 이유에게 말씀을 드렸지만 허락을 받을 수는 없었다. 순수 한국인이 아니라는 이유에서였다.

그럼에도 안나는 메리를 고집해야 했다.

"그 이유는?"

"그때 메리가 한 말이 있었어요."

"그게 뭔데?"

이진은 궁금했다.

8살짜리 여자아이가 무얼 말했기에?

"자신을 데려가지 않으면 나중에 후회할 거라고 했어요."

"뭐라고?"

"그래서 전 웃었죠. 당연히 큰 회장님 뜻을 거역할 수 없

그때 무슨 일이 • 193

었어요. 그냥 나왔죠. 그때 메리가 내가 탄 차를 뒤따라 달려오다가 사고가 났어요."

"사고?"

"하필 테네시 보육원을 벗어나자마자 큰 도로변이었거든요. 아이가 속도를 줄이지 못해 달려오던 차에 치인 거죠."

"그래서?"

"메리 왼쪽 머리에 작은 흉터 아시죠?"

"아, 알아."

메리 앤의 몸에 상처라고는 딱 하나, 바로 왼쪽 머리에 남은 깊은 상처다.

그걸 이진이 모를 리 없었다.

"그때 난 상처예요. 제가 책임감도 있고 해서 병원에 옮겼어요. 그리고 큰 회장님께 보고를 드렸죠."

"할아버지가 뭐라셨는데?"

"그 아이를 한번 봐야겠다며 오셨어요. 그리고 받아들이신 거죠."

음.

처음 듣는 이야기였다.

물론 이진은 박주운이니 처음 듣는 이야기가 그뿐일 리는 없었다.

"이후에 고등학교 졸업할 때였을 거예요. 그때 메리가

큰 회장님께 이상한 말을 한 적이 있어요."

"무슨 이상한 말?"

"러시아계로 보이는 사람들이 자신에게 접근하려 한다는 말을 했었어요."

"메리가 그렇게 보고를 했단 말이야?"

"예. 그래서 할아버지께서 오 집사장에게 조사를 시키셨죠. 아마 메리도 그 이후 나름대로 알아볼 건 다 알아봤을 거예요."

"아!"

이진은 그제야 안나가 하려는 말을 알 수 있을 것 같았다.

메리는 이미 다 알고 있었던 것이 분명했다.

그럼에도 직접 나서지 못했던 것은 자신이 스페츠나츠가 테라에 밀파하려던 정보원의 딸이란 걸 이진이 알기를 바라지 않아서였을 것.

그렇게 되면 이진의 곁에 남으려던 자신의 계획이 물거품이 될 것이라 여겼을 수도 있다.

이진은 냉정한 사람이었다. 그러니 아마 조금이라도 흠을 잡히고 싶지 않았을 것이다.

더구나 메리는 이진과 맺어질 가능성이 희박했기에 더 그랬을 것이다.

"이제 아셨죠? 언니가 왜 날 민스크까지 보냈는지요."

"알았어."

"그럼 이제 어쩌실 건데요?"

"뭘 어떻게 해? 모르는 척해야지."

이진의 대답에 안나가 웃었다.

그러고는 말했다.

"회장님도 참 많이 변하셨어요. 15살 이후로는 심지어 언니가 부탁해도 아닌 것은 절대 아니었는데……."

"내가 그랬다고?"

"그럼요. 그러니까 월가에서 피도 눈물도 없다는 말이 나온 거 아니겠어요? 그런데 지금은……."

"지금은 왜?"

"힘들어 보여요."

"나 힘들어."

이진은 곧바로 안나의 무릎을 베고 누워 버렸다.

문득 그런 기억이 없다는 것이 오히려 낫다는 생각이 들었다.

안나가 같은 걸 다시 묻는다.

"그래, 이제 정말 어쩌시려고요?"

"모르는 척해야지. 정말!"

"잘 생각하셨어요. 언니도 메리 마음 다칠까 봐 걱정이 이만저만이 아니에요. 그나마 다행이죠."

"뭐가?"

이진은 안나에게 물었다.

"예전 같았으면 쉬쉬해야 할 일이잖아요. 그래도 회장님이 회사를 이렇게 키워 놓았으니 염려는 없죠."
"……."
"메리도 아마 더 이상은 위험하지 않을 것이라고 생각해서 오케이 한 걸 거예요. 잘해 주세요."
"그럼, 당연하지."
이진과 안나의 밀담은 그렇게 끝이 났다.

다음 날 아침, 이진은 벨라루스 대통령 및 3부 요인들과 연이은 회담을 가져야 했다.
이진이 벨라루스에 엄청난 지원을 약속하는 사이, 메리 앤은 나타샤를 만나기로 했다.
메리 앤은 니미가역 근처의 강가에서 가장 변두리 쪽에 속한 유흥가를 오전에 방문했다.
모든 공식 경호원들은 제외되었고, 와타나베 다카기가 선별한 비밀 경호요원들이 중무장한 채 메리 앤의 주변을 에워쌌다.
그리고 그 전에 이미 경찰 병력이 거리를 한 번 훑고 지나갔다.
말은 유흥가이지만 사창가나 다름없는 곳으로, 마약 사

건이나 총기 사건이 빈번하게 발생하는 곳이기에 위험한 지역이었다.

드미트리는 그중 가장 위험한 인물에 속한다.

이브라첸코라는 성을 쓰는 마피아는 러시아 마피아의 비호를 받는 세력이란 뜻이었다.

메리 앤은 여동생 미아와 함께 어머니가 사는 술집 5층의 작은 빌라로 들어갔다.

문을 두드리자 가슴이 다 들여다보이는 헐렁한 셔츠를 입은 중년 여자가 담배를 입에 문 채 문을 열었다.

그러고는 미아에게 한마디 던졌다.

"여긴 안 온다며? 뭐 하러 꼭두새벽부터 와?"

"미아야? 그럼 데리고 들어와. 오랜만에 예쁜 얼굴 좀 보자."

나타샤의 등 뒤로 문신이 가득한 상체를 드러낸 남자가 다 들으라는 듯 소리를 쳤다.

듣기만 하는데도 소름이 돋을 정도였다.

메리 앤은 곧바로 반응했다.

"뭐 해요? 끌어내요."

경호원들이 순식간에 달려들었다.

권총을 꺼내려는 드미트리를 간발의 차로 제압할 수 있었다.

이때만큼은 메리 앤도 안도의 한숨을 내쉬어야 했다.

"뭐, 뭐야? 미아 너, 무슨 짓을 한 거야?"
나타샤가 미아를 향해 물었다.
그러자 메리 앤이 입을 열었다.
"엄마!"
"엄마?"
나타샤는 간신히 한국말을 알아들었다.
그러고는 멍한 눈빛으로 메리 앤을 바라봤다.
"난 들어 봐야겠어. 대체 그때 무슨 일이 있었던 거야?"

제6장

러시아 커넥션

재벌집 망나니
7대독자

 이진은 하루가 더 지나서야 메리 앤이 가족들과 만나 오랫동안 이야기를 나눴다는 말을 들을 수 있었다.
 묻지는 않았다.
 메리 앤이 다음 날 호텔로 장모인 나타샤와 가족들을 초대했다.
 가족의 문제는 예민한 일이어서 메리 앤은 조심하는 것 같았다.
 미아는 이미 호텔에 묵고 있었고, 어머니 나타샤는 이복 남동생 둘을 데리고 왔다.
 누구도 드미트리가 어찌 되었는지를 묻지는 않았다.
 드미트리의 처리를 위해 이진은 벨라루스의 고위 실권

자와 거래를 해야 했다.

그 거래 역시 이진은 아무에게도 말하지 않았다.

아는 사람은 와타나베 다카기 한 명 외에는 없었다.

"어서 오세요."

이진은 장모 나타샤를 안고 뺨에 입을 맞췄다.

이어 미아와 키스를 한 후 남동생 둘을 맞았다.

한 명은 막심이고, 한 명은 자카예프라고 했다.

21살과 23살로 메리 앤과는 나이 차이가 많이 났다.

다섯 사람은 호텔 레스토랑에서 저녁 식사를 함께했다.

이진은 전용 셰프 외에도 외부 셰프까지 동원해 온갖 음식을 만들도록 했다.

모든 것을 최상급으로 준비하도록 했다.

저녁 식사 자리에서는 많은 이야기가 오가지는 않았다.

막심과 자카예프가 영어를 못했다. 러시아어도 서툴러 벨라루스 통역사를 배치해야 했다.

무덤덤하게 식사를 끝낸 메리 앤이 다른 일정으로 인해 잠시 자리를 비웠다.

그 틈을 타 이진이 장모 나타샤에게 물었다.

"장모님은 계속 벨라루스에 살 생각이세요? 한국에서 같이 살아도 좋을 것 같은데……. 가끔 뉴욕이나 민스크를 오가면서요."

"글쎄……."

나타샤는 이진이 어려운지 쉽게 입을 열지 못했다.

"뭐든 원하는 것을 이야기하시면 제가 늦게나마 효도하려고 합니다. 그러니 편하게 말씀하세요."

이진의 말에 용기를 얻었는지 나타샤가 두리번거리다 말을 했다.

"난 계속 민스크에 살고 싶은데……. 집이나 일자리가 있었으면……."

"무슨 일을 하고 싶으세요?"

"그냥 클럽이나……."

"Matka(벨라루스어:엄마)?"

나타샤가 대답하려는 찰나, 메리 앤의 동생 미아가 소리를 질렀다.

메겐이 다가와 그 말뜻이 어머니란 것을 귓속말로 알렸다. 미아가 화를 낸 것이다.

"처제! 괜찮아. 내가 뭐든 돕고 싶어서 그래. 편하게 말씀해 보세요."

이진은 미아를 제지하고 다시 나타샤에게 물었다.

"그냥 하던 일이 그거라……."

클럽을 하고 싶다는 말이다.

이진은 곧바로 고개를 끄덕인 후 와타나베 다카기를 불렀다.

"민스크에서 가장 큰 클럽이 어디예요?"

"큰 클럽이라고 하기에는 좀……."
"그럼 이건 어때요? 하나 새로 짓는 건?"
"예, 회장님!"
"통역하세요."

통역사가 나타샤에게 통역을 했다. 나타샤의 눈이 크게 떠진다.

"정말이세요?"
"그럼요. 그리고 지금 사시는 집도 불편하실 텐데 이 호텔은 어떠세요?"
"회장님!"

메겐이 락을 걸고 나섰다.

"왜요?"
"이 호텔은 체인이라……."
"그렇든 말든 상관 말고. 어떠세요?"

이진은 메겐을 무시하고 물었다.

"이 호텔보다는 마음에 드는 호텔이 있는데……."

나타샤가 반응했다.

미아가 말리려 했지만 이진이 손을 들어 막았다.

"그럼 그 호텔로 하지. 호텔을 바로 구입해요."
"예, 회장님!"

나타샤는 어리둥절한 모양이었다.

이진이 다시 말했다.

"대신 조건이 있습니다. 치료는 받으셔야죠. 어머니께서 다른 곳으로 가시면 메리가 슬퍼할 테니 호텔을 사서 거기서 치료를 받으셨으면 합니다. 의료진을 제가 상시 대기시켜서 치료를 돕도록 하겠습니다."

이진의 말에 그제야 동생 미아도 아무런 말을 하지 않았다.

장모 나타샤는 마약 중독자였다.

그러니 우선은 치료가 필요했다.

그러나 치료소에 넣는다고 하면 부작용만 생길 것 같았다.

그리고 메리가 마음이 편하지 않을 것이 분명했다.

그래서 이진은 호텔을 사 주고 거기 의료진을 상시 대기시킬 생각이었다.

클럽도 물론 사 줄 생각이었다.

나중에 다른 걸 원한다면 그래 줄 생각이다.

"처남들은 어때? 원하는 것 있으면 이야기해 봐."

이진이 웃으면서 두 이복 남동생을 향해 말했다.

둘 다 고등학교를 중퇴했다고 들었다.

자카예프는 드미트리의 친아들이고 막심은 다른 남자의 아들이다.

둘 다 드미트리 밑에서 마피아 짓을 배워 가고 있는 중이었다.

가죽 재킷의 목 부근으로 러시아 마피아의 문신이 꿈틀

거렸다.

 자카예프가 반응했다.

 "뭘 해 주실 수 있는데요?"

 질문이 도전적이었다.

 "뭐든지?"

 "테라 회장이시라면서요? 진짜예요?"

 이진은 묵묵히 고개를 끄덕였다.

 "어떤 조건도 없이 해 주실 거예요?"

 "조건은 있지."

 "흥! 그럴 줄 알았지. 뭔데요?"

 자카예프의 태도는 누가 봐도 불량했다.

 그러나 이진은 그런 태도에 신경 쓰지 않기로 했다.

 "그다지 어렵지 않은 조건일 텐데?"

 "좋아요. 그럼 FC 민스크를 사 주실 수 있어요?"

 와타나베 다카키가 다가와 한국말로 정보를 제공했다.

 "벨라루스 프로 축구팀입니다. 민스크를 거점으로 하고 있고 이곳에서는 상당히 대형……."

 이진이 손을 들어 보고를 멈추게 하고는 말했다.

 "그래? 처남이 축구팀을 좋아하는 모양이네. 좋아! FC 민스크를 사 주지. 대신 지켜야 할 것이 있어."

 "뭔데요?"

 정말 사 준다고 할 줄은 몰랐던 모양이다.

이진의 대답에 자카예프가 눈을 크게 뜨면서 물었다.

"대신 구단을 경영하려면 좀 배워야 하지 않을까? 그놈, 이름이 뭐지?"

"니콜라이 이브라첸코입니다."

니콜라이 이브라첸코 이야기가 나오자 자카예프는 긴장하는 표정이었다.

"내가 그놈을 손 좀 봐 줄 거야. 그러니까 그쪽으로는 얼씬도 하지 말고 공부하면서 경영을 배워. 어때?"

"……."

대답을 하지 못하는 자카예프.

"싫어? 내가 내일 당장 FC 바르셀로나를 사 줄 수도 있는데?"

이진의 말에 메겐이 제지하려 나섰다.

그때 자카예프가 대답했다.

"전 FC 민스크가 좋아요. 좋습니다."

이진은 통역의 말을 듣고 씨익 웃었다.

메겐도 안도하는 것 같았다.

이진은 웃어야 했다.

FC 바르셀로나를 사 달라고 해도 사 주었을 것이다.

진심이었다.

메리가 조금이라도 편한 마음을 가질 수 있다면 무엇이든 해 줄 수 있었다.

러시아 커넥션 • 209

다음은 막심이었다.

막심은 의외의 선택을 했다. 미국에 가서 공부를 하고 싶다는 것이었다.

이진은 당연히 오케이 했다.

이제 미아만 남았다.

미아는 언니와 함께 한국에 가서 살겠다고 했다.

"좀 낯설 텐데?"

"BTS 좋아하거든요."

"그래? 그럼 그러자. 내가 BTS도 집에 초대해서 만나게 해 줄게."

이진은 미아가 고마웠다.

한참 후, 메리가 들어왔다.

"뭐가 그렇게 바빠?"

"유니버스 일 때문이에요. 무슨 이야기했는데?"

"별거 아니야."

이진은 메리의 질문에 별일 아니라고만 했다.

들으면 화를 낼 것이 분명했다.

그래도 이진은 그래야 했다.

물론 현재 상태에 비해 너무 과하긴 하다.

그러나 그건 이진이 선택할 문제가 아니었다.

늘 가족 간의 문제는 상대를 넘겨짚는 데서 시작된다.

누구는 부자일 것이다. 누구는 돈을 줘도 능력이 안 되서 말아먹을 것이다.

또 누구는 개망나니다, 누구는 구제 불능이다란 식으로 말이다.

가족은 그래서는 안 된다.

줄 수 있으면 주고, 없으면 주지 못하는 것이다.

양쪽 다 그걸 받아들여야 한다.

그래야 가족인 것이다.

그래야만 세상에서 가장 가까운 사람을 탓하면서 사는 비극을 피할 수 있다.

지금 이진은 세계 최고의 갑부였고, 그 정도 해 주는 것은 어려운 일도 아니었다.

그래서 그렇게 해 준 것이다.

그다음은 그들의 노력에 달려 있었다.

"밑의 돈이 숨을 못 쉬어?"

"그게 무슨 말이야?"

"그게 아니면… 아무 경험도 없는 엄마에게 특급 호텔을 사 줘? 그리고 클럽도 짓는다면서?"

"지하에 딸린 거야."

한국에 들어온 후 메리 앤이 포문을 열었다.

러시아 커넥션 • 211

이진은 대수롭지 않은 표정으로 어처구니없는 대답을 했다.

"힐! 그게 지금 대답이야? 그리고 걔 이름 뭐야? 자카예프? 어디 칼질이나 하고 다니던 애한테 프로 축구팀을 사 줘?"

"열심히 공부하고 이제 그런 짓 안 한다고 했어."

"그걸 믿어? 그 돈이면 아프리카의 굶어 죽어 가는 애들을 몇 명이나……. 왜 이래?"

이진은 따지는 메리 앤을 덥석 안아 버렸다.

그리고 키스를 했다.

메리 앤이 벗어나려 버둥거렸지만 놓아주지 않았다.

한참 후 놓아주자 이진을 쏘아본다.

"내가 해 주고 싶어서 그랬어. 나 테라 회장이잖아. 그 정도는 사실 일당이나 마찬가지야."

"무슨 말이 그래?"

"그러니까 메리도 좀 편하게 생각해. 그리고 세상 모든 사람 구제하려는 유니버스 회장님이 가족은 안중에도 없으면 되나?"

"그게 아니잖아?"

"그게 그거지. 다 말아먹으면 그때는 메리가 알아서 해. 나 정말 해 보고 싶었어."

"뭘?"

"사위하고 매형 짓!"
"푸흡!"
메리 앤이 급기야 웃었다.
싸움은 끝이 난 것이다.
"그래도 지나쳤어."
메리 앤의 언성이 잦아들었다.
이진은 딴청을 부렸다.
"그나저나 그 니콜라이 이브라첸코란 놈, 어떻게 해야겠는데 푸첸이랑 너무 친해서……."
메리 앤이 다가와 이진의 무릎에 앉았다.
"안 궁금해?"
"뭐가?"
"그때 무슨 일이 있었는지……."
이진은 고개를 가로저었다.
"뭐든 다 알고 갈 필요는 없어. 때로는 누군가를 위해 혹은 자신을 위해 묻어 두기도 하고 그래야 하는 거야."
메리 앤이 이진을 우아하게 바라봤다.
"왜?"
"어떨 때는 어린애 같다가 어떨 때는 나보다 한 몇 십 년은 더 산 오빠 같아."
이진은 마음속으로 뜨끔했다.
어쩌면 박주운으로 살아오면서 터득한 인정의 방식이란

러시아 커넥션 · 213

것이 요 며칠 발휘된 것인지도 모른다는 생각이 들었다.

"미아는?"

"유니버스에서 봉사활동을 하고 싶대."

"쉽지 않을 텐데?"

"친동생이야. 아마 잘할 거야."

"너무 차별하는 거 아니야?"

이진이 장난을 쳤다.

"이복동생한테 프로 축구단 사 주고 친동생한테 사회봉사 시키는 게 차별이야?"

"차별이지. 친동생 차별!"

이진이 웃자 메리 앤이 안겨 왔다.

"고마워. 이해해 주고 배려해 줘서."

"뭘 또 우리 사이에! 그나저나 언제 애들, 외할머니 만나게 해야지."

"마약 끊으면!"

메리 앤이 단호하게 잘랐다.

이 일만큼은 메리의 주장에 반대해서는 안 된다는 걸 이진은 잘 알고 있었다.

"그나저나 이브라첸코인가 저브라첸코인가 하는 놈은 어떻게 하지?"

이진은 반 농담으로 메리 앤의 관심을 돌렸다.

❖ ❖ ❖

드미트리 이브라첸코.

니콜라이 이브라첸코가 본명이다.

드미트리란 이름은 주로 범죄 조직에서 두목을 뜻하는 이름으로 사용된다.

그래서 나타샤의 두 번째 남편도 드미트리 이브라첸코란 이름을 썼다.

곧 니콜라이 이브라첸코의 직계 조직이란 뜻이다.

드미트리 이브라첸코가 그런 뜻인지는 죽은 전 과장에게 들었다.

전 과장은 드미트리 이브라첸코의 본명이 니콜라이 이브라첸코이지만, 그 이름을 한 명만 사용하는지는 알 수 없다고 했었다.

이진은 드미트리 이브라첸코를 총 두 번 만났다.

첫 번째는 삼둥이와 영국 여행을 갔을 때 크리스티 경매에서였다.

드미트리 이브라첸코는 막내 이선에 의해 묵사발이 났었다.

그 일은 세간의 화제가 되었고, 이어 국회 청문회에서 거론되기도 했다.

그다음은 일본의 후지 고오에와 관련되었을 때였다.

역시 경매장에서 만났다.

우연이긴 한데 석연치는 않았다.

어쨌든 드미트리가 그놈이든 아니든 니콜라이 이브라첸코와 연관이 있다.

그놈이 그놈일지도 모르고.

니콜라이 이브라첸코는 겉으로는 러시아의 사업가다.

하지만 실상은 좀 달랐다.

러시아의 에너지 사업을 완전히 통제할 수 있는 권력을 손에 쥐고 있었고, 푸첸과의 교류를 통해 무기를 밀수출하고 마약 거래도 일삼는다고 알려져 있었다.

그런 사실이 공공연함에도 건드리지 못하는 것은 역시 푸첸의 비호 때문.

러시아에서는 사실상 무소불위의 권력을 휘두르는 것이 바로 니콜라이 이브라첸코였다.

그러나 그런 그도 이진 앞에서는 고작해야 구멍가게 사장 정도밖에는 되지 않았다.

아마 테라를 노리던 스페츠나츠 조직이 아직 그대로 살아 있다면 니콜라이 이브라첸코가 그 핵심일 가능성이 높았다.

푸첸 역시 과거 KGB 출신 아닌가?

푸첸을 염두에 두기 전에 먼저 고려해야 할 것이 있었다.

빤히 세계인들 사이에 보이는 러시아는 러시아가 아니다.

러시아의 권력은 또 다른 SEE YOU라고 봐도 무방할 정도의 막강한 힘을 가진 올리가르히에게서 나온다.

올리가르히.

올리가르히(Oligarch)는 고대 그리스에 존재한 소수자에 의한 정치 지배를 뜻하는 '올리가키(Oligarch)'의 러시아어.

이들은 페레스트로이카 시절 구소련이 경공업 분야에서 개인 사업을 허용하면서 등장하였다.

그때부터 성장해 구소련 전체를 비롯해 세계 곳곳에서 이권에 개입해 왔다.

처음에만 해도 단순한 신흥 부자 정도로 치부되었다.

그러나 푸첸이 집권한 후 상황이 다르게 전개되기 시작했다.

보리스 옐친 시대의 경제 올리가르히들이 정치 엘리트로 변질되기 시작한 것이다.

이들은 구소련 붕괴 후, 국영 산업이 민영화되는 과정에서 정경 유착을 통해 막대한 부를 축적했다.

공공사업 분야, 언론, 석유, 제조업 등 경제 전반을 장악하였으며, 막대한 부를 바탕으로 정치권과 결탁해 엄청난 권력을 휘둘러 왔다.

합법적인 기업 활동 이외에도 러시아 마피아를 사실상 지배하고 있었다.

올리가르히는 보리스 옐친의 비호 속에 성장했다고 해도 과언이 아니다.

그러나 블라드미르 푸첸이 정권을 잡으면서 갈등을 일으킨다.

만약 푸첸이 올리가르히들을 제지하고 산업을 재편했다면 아무런 문제가 없었을 것이다.

그러나 푸첸은 그렇게 하지 못했다.

그들이 너무 막강했기 때문이었다.

푸첸은 전체적인 수술보다는 국소 외과 수술로 대응했다.

비협조적인 올리가르히들은 제거하고 우호적인 올리가르히들은 보호 성장시킨 것이다.

당연히 과거 KGB의 특수부대인 스페츠나츠가 관여했고, 그 속으로 깊숙하게 뿌리를 내렸다.

범위도 광범위해졌다.

어두운 곳으로는 미국과 남미 범죄 조직에 침투해 자기 영역을 구축했다.

그것이 다 구 KGB의 정보력 때문에 가능한 것이었다.

이제 그들은 암중으로 러시아 최대 석유 회사인 로즈네프트까지 장악하고 있었고, 제3세계에 굵고 넓은 네트워크를 구축하고 있었다.

이들이 일반 서구의 사업가들과 다른 점이라면 장애가 되는 적과 타협하기보다는 제거하기를 선호한다는 것이다.

탈법적이고 초법적인 일을 그다지 어렵게 생각하지 않는다.

습관의 산물이다.

그중 니콜라이 이브라첸코가 이끄는 러시아 마피아 조직은 스페츠나츠의 지원하에 광범위한 무법을 자행하고 있었다.

그런 올리가르히가 SEE YOU와 협력했을 가능성은 없다.

SEE YOU 역시 태생부터 다른 이들을 멤버로 받아들이지 않았다.

어차피 서방을 장악하면 모든 경제를 움켜쥐는 것이었으니 그럴 필요도 없었을 것이다.

그러나 시대는 급변하고 있었다.

암중으로 활동하던 올리가르히들의 비밀 조직은 트럼프가 집권하면서 더 활개를 치기 시작했다.

이들의 목표에는 테라도 있었다.

당연한 일이었다.

테라가 오래전부터 보유한 재산에 대해 정보를 가지고 있었으니 말이다.

그 루블화는 결국 푸첸이 이진에게 항복하는 계기가 되기도 했다.

여러 방식으로 테라에 접근해 왔지만, 냉전 시대에는 딱히 어떻게 해 볼 수 없는 입장이었을 것이다.

그렇다고 포기한 것도 아니다.

그렇게 메리 앤의 어머니인 나타샤와 아버지 안진성을 하나로 엮어 침투를 시도했던 것이 분명했다.

안진성에 대해 조사를 하면서 많은 정보가 흘러들어왔다.

안진성이 원래는 북한 출신의 유학생이란 것은 알고 있었다.

그러나 당시 국적은 대한민국이었다.

그런데 하나하나 까 보니, 안진성은 분명 북한 정찰총국에서 길러 낸 스파이가 확실했다.

그가 비록 얼마 되지는 않지만 아버지 이훈의 수행원으로 활동한 이력이 드러나면서 모든 것이 확실해졌다.

어쩌면 이진의 아버지 이훈의 죽음을 이재희나 이만식 회장과 공유했을 수도 있었다.

그게 아니라면 정보를 제공했을 수도 있었고 말이다.

이진은 2018년 말이 되면서 그런 보고들을 수집한 후 특급 비밀로 분류했다.

혹시나 메리 앤이 접근해 충격을 받을까 원천 차단한 것이다.

이진은 웨스트버지니아에 들어선 테라 퀀텀 연구소에 별도의 정보 보호 시설을 마련했다.

이제 막 10살이 된 딸 이령이 설계한 양자 컴퓨터를 기반으로 만들어진 시설로, 어떤 암호화 프로그램도 모두 해독이 가능하고 또 어떤 해킹 기술로도 접근할 수 없는 완벽한 양자 기술의 소산이 바로 테라 퀀텀 연구소였다.

바야흐로 냉전의 시대가 끝나고 글로벌 세계가 열리더니 다시 거꾸로 냉전의 시대로 돌아간 것 같은 느낌이었다.

그렇게 테라가 러시아를 비롯한 북한을 주목하고 있는 사이, 어이없게도 2018년 5월 26일에 남북 정상 회담이 개최되었고 6월 12일에는 북미 정상 회담이 싱가포르에서 개최되었다.

여기서 이진은 주연 급에서 한참 밀려나야 했다.

연초부터 북한과 트럼프에 대해 쓴 소리를 뱉어 낸 덕분이었다.

이진은 평창 동계 올림픽에 북한 대표단이 오는 것을 환영하지 않는다고 공개적으로 선언했었다.

그 일로 이진이 정계에 진출하려는 것이 아니냐는 의혹을 샀다.

또 메리 앤은 김정은의 여동생 김여정과 현송월을 두고 역시 공개적인 비난을 했다.

'현송월이란 여자가 든 백 하나면 북한 주민들 몇 분의 식량이 해결될 것 같아요?'

여기저기서 비난이 쇄도했다.

〈집에 수억짜리 핸드백들이 즐비하실 텐데, 그걸 하나 팔아서 그럼 북한 주민들 식량으로 주시지?〉
〈그렇게 북한의 식량난이 걱정되면 직접 식량 지원에 나서는 것은 어떠냐?〉
〈평창 동계 올림픽을 보이콧하려는 의도가 아닌가?〉
〈장롱에 금덩이를 쌓아 놓고 이웃이 굶어 죽는 걸 안타까워하는 쇼맨십의 여제.〉

뭐 대충 이런 비난을 받았다.

그런 질문들을 받으면 메리 앤은 단 한마디로 일축했다.

테라는 미국에 본사를 둔 회사이고, 테라 유니버스는 에티오피아에 본사를 둔 회사이므로 UN 결의안을 준수해야 한다는 내용이 전부였다.

메리 앤은 예사였다.

이진에게는 주로 좌파로 분류되는 쪽으로부터 거친 비난의 목소리가 수도 없이 쏟아졌다.

어쨌든 그런 비난이 끝나고 나면 늘 뒤에는 이진 개인에 대한 평가일 뿐, 테라에 대한 비난은 아니라는 코멘트가 뒤따랐다.

어느 나라도, 누구도 테라가 철수하는 위험을 감수하지

는 못했다.

더욱이 벨라루스에 대한 대규모 지원이 이루어진 후, 동유럽 국가들은 테라의 시설을 유치하기 위해 발 벗고 나섰다.

이진은 그런 나라들에 하나하나씩 차곡차곡 데이터 센터를 명분으로 한 에너지 기초 시설을 착공하기 시작했다.

그렇게 2018년의 반이 지나가던 6월, 이진은 전용기 편으로 모스크바로 향했다.

명목은 러시아 월드컵 관람이었다.

러시아 월드컵이 개막한 관계로 공항은 붐볐지만, 이진을 영접하기 위한 러시아의 노력은 결코 소홀하지 않았다.

거의 국가 원수 급 예우의 영접단이 셰레메티예보 국제공항에 나와 이진을 맞았다.

대부분의 산업과 관련된 러시아 정부의 각료들과 기업 대표들이었다.

잠시 인사를 나눈 이진이 기자회견을 자청했다.

임시로 마련된 기자회견장에서 가장 먼저 질문을 하도록 선택받은 사람은 한국의 NBS 보도국 기자였다.

"NBS 허영원 기자입니다."

"아! 그 보도국장이 뒷돈 받고 구속된 방송국이요?"

이진의 말에 기자들이 다들 웃었다.

"월드컵 관람 차 오셨다고 했는데, 한국이 월드컵에서

어느 정도 성적을 거둘 것으로 보십니까?"

"돈을 걸어야 하나요?"

이진의 대꾸에 모두가 다시 웃었다.

"돈을 걸어야 한다면 한국이 16강에 올라가지 못한다는 데 10억 테라 페이를 걸지요."

10억 테라 페이면 한국 돈으로는 1조가 넘는 돈이었다.

아무리 통이 큰 이진의 말이라고 해도 좀 지나치다 싶었는지 표정들이 굳어진다.

"전패를 할 것이란 말씀이십니까?"

"아니요. 독일 정도는 이기지 않을까요?"

그제야 기자들은 이진이 농담을 한 것이라고 생각하고는 모두 웃었다.

하지만 이진은 농담을 한 것이 아니었다.

그래도 농담이 되었다.

어쨌거나 한국이 16강에 올라가도 돈 낼 일은 없을 것 같았다.

"월드컵 어느 경기를 관람하실 생각이십니까?"

"한국 대 독일전은 관람해야죠. 10억 테라 페이가 걸렸는데……."

이진이 능청을 떨며 웃었다.

"그다음으로 큰 일정은 어떻게 되십니까?"

"다음은 소더비 경매에 들러 볼 생각입니다. 막내가 그

림을 좋아해서요."

이 또한 진심이었다.

이진이 러시아로 간다고 하자 월드컵 기간에 열리는 소더비 경매에서 사야 할 물건의 목록을 막내 이선이 보내온 것이다.

"푸첸 러시아 대통령과의 면담은 예정되어 있으신지요?"
"만날 일이 없을 것 같습니다."

질문이 계속 이어졌다.

"현재 남북 관계와 북미 관계에 대해서는 어떻게 생각하십니까?"

"그 문제는 내 비서 메겐이 발표하지요. 메겐?"

기다렸다는 듯 메겐이 종이를 꺼내 성명서 읽듯 읽어 내려갔다.

'남북, 혹은 북미 관계에 있어 우리는 원칙을 고수한다. 아무리 당면한 평화 문제가 중요하다고 하더라도 북한 정권이 그동안 자행해 온 범법 행위는 결코 용서받지 못할 일이다. 먼저 김정은은 국제 사법 재판소에 재소해야 한다고 생각한다. 그것이 바로 가장 선행되어야 할 적폐 청산이라고 판단된다.'

이건 뭐 거의 싸우자는 말이나 다름없었다.

남북한 정부와 말이다.

게다가 개연성도 상당히 부족했다.

"그렇게 말씀하시는 것은 한국 정부의 입장과 크게 배치되는데요?"

한 기자가 물었다.

"그렇든 말든 상관할 바가 아닙니다. 제가 정치하는 것은 아니지 않습니까? 아무튼 이미 몇 십 년 지난 정부 주도의 범법 행위는 단죄해야 한다고 주장하는 데 반해, 북한 정권의 범법 행위들은 당면한 평화 이후로 밀리는 것이 늘 안타깝습니다."

"지금 하신 말씀을 김정은 위원장이 들으면 몹시 불편해할 텐데요?"

"아! 그럼 조심해야죠. 혹시 나도 나가다가 독극물 테러 당하는 거 아니야?"

기자들이 이진의 말에 일제히 웃어 댔다.

그러나 웃긴 웃는데 표정들은 밝지 않았다.

이진은 평소보다 좀 과격하게 의견을 피력했다.

의도적인 면도 있었지만 예전에 북한 정권이 이진의 아버지 이훈의 암살에 일부 관여하였고, 또 러시아와 함께 테라의 재산을 노린 것에 대한 분풀이였다.

이진이 이번에는 폭탄선언을 했다.

"난 북한 접경 지역인 심양 단둥 지역에서 중국 정부의 묵인 하에 북한으로 물자가 수송되는 걸 원치 않습니다."
"그 말씀은?"
"그런 행위가 계속될 경우 테라는 중국에 대한 보복에 나설 수도 있다는 것을 이 자리를 빌려 밝혀 두는 바입니다."
"하지만 화해의 무드 속에서 테라도 좀 우호적으로 나가야 하는 것이……."
한 기자가 염려스럽다는 말투로 이진에게 직언을 했다.
"원래 주식은 떨어질 때 사고, 오를 때는 파는 겁니다."
이진은 그 말을 마지막으로 기자회견을 끝내고 자리에서 일어났다.
이만하면 모스크바에 모인 사람들은 물론이고 전 세계의 관심을 끌기에 충분하다고 여겨졌다.
기자회견장을 빠져나와 호텔에 도착하자 효과가 단번에 나타났다.
"러시아 정부 쪽에서 경호 인력을 3배로 늘렸습니다. 또 북한 대사관과 모스크바에 거주하는 북한인들에 대한 대대적인 감시에 들어갔습니다."
"거 잘됐네요."
이진이 보고를 하는 메젠에게 너스레를 떨었다.
"좀 과격하신 것은 아니신지요?"
"그래야 니콜라이인가 하는 놈이 관심을 갖죠. 엘론 머스크는 유튜브에 나와 대마초도 피우는데, 말 몇 마디를 가지고 뭐라 그러면 안 되죠."

"제가 뭐라고 말씀드린 것도 아닌데……. 아무튼 경호 문제는 좀 걱정을 덜겠습니다."

메겐의 말에 이진이 웃었다.

"바로 그거예요. 이놈들은 전의 그놈들하고는 달라요. 이놈들은 혼란을 틈타 돈 버는 것이 습관화된 놈들이에요. 이곳에서 날 죽일 수도 있단 말이에요."

"명심하겠습니다."

메겐도 짐작은 하고 있었겠지만, 그래도 이 정도의 위험이 도사릴 것이라고 생각은 못한 모양.

그러나 이진은 이른바 올리가르히들이 충분히 그리고도 남을 놈들이란 것을 잘 알고 있었다.

적어도 SEE YOU는 최악이 아니면 전쟁까지 불사하지 않는 합리성을 가진 조직이었지만 이들은 아니다.

아무리 이진이 테라의 회장이라고 해도 이들은 아무렇지도 않게 제거하고 오히려 그 혼란을 틈타 부를 축적할 기회를 만들 놈들이었다.

더구나 이곳은 모스크바다.

푸첸 역시 이진이 모스크바에서 죽으면 '하필 여기서 죽어 안타깝지만 애도를 표한다.'는 성명을 발표한 후 생깔 놈이었다.

적어도 이진이 보기에는 그랬다.

"메겐은 나가서 소더비에서 살 물건들 예상가 좀 확인해 봐요. 와타나베 다카기 들어오라고 하세요."

"예, 회장님!"

메겐이 나가고 와타나베 다카기가 들어왔다.

와타나베 다카기는 들어오자마자 스마트폰에서 프로그램 하나를 작동시켰다.

테라의 에티오피아 연구소에서 만든 보안 장치다.

수많은 전파 신호들을 감지한 후 그것을 재편성해서 다시 발산하는 장치로 양자 기술의 하나였다.

아직 전 세계적으로 완성은커녕 연구 개발조차 시도되지 못하는 첨단 장치가 이미 개발되어 첫 선을 보인 것이다.

이제 무슨 말을 하든 내부에서 일어나는 모든 일은 원래 만들어 놓은 시나리오대로 전파된다.

너무도 간단하게 최첨단 보안 시설로 호텔 방이 탈바꿈된 것이다.

"어떻게 됐어요?"

"우리 요원들이 6개월 전부터 잠입을 마친 상태입니다."

"대체 올리가르히의 두목은 누구예요? 푸첸이에요?"

"그건 아닙니다. 그동안 계속 조사를 해 왔지만 딱히 누군가가 주도권을 가지고 있다고 보긴 어려웠습니다. 이익의 분배도 그렇습니다."

"그럼 공동으로 이익을 가져가고 더러운 일은 니콜라이 같은 놈들에게 맡긴다?"

"예. 최근 몇 년 사이에 일어난 유럽 전역에서의 암살 사건도 같은 맥락입니다."

유럽에서 일어난 반러시아 인사들에 대한 암살은 모두 러시아 정보 조직의 소행이라고 영국은 주장했다.

그러나 확실한 증거는 아직 찾을 수 없었고, 러시아 정부도 부인했다.

"그것도 이들의 소행이라고?"

"예. 올리가르히들이 협의해서 문제가 될 만한 인물들을 니콜라이 이브라첸코나 스페츠나츠를 통해 제거하는 것 같습니다."

"스페츠나츠는 누구의 지시를 받아요?"

"역시 누구 하나가 아닙니다. 똑같이 이익을 분배하고 조직을 유지해 나가는 특이한 지도 체제입니다. 과거 스페츠나츠 운영자들이 있습니다."

"그래서 여태껏 알면서도 손도 못 댔다?"

이진이 다시 물었다.

"그중에는 CIA의 특수 부서에서 파생된 조직도 함께이니 당연한 결과입니다. 이들이 모두 미국 대선에 영향을 끼치는 작전을 수행한 것이나 마찬가지입니다."

"결국 힐러리만 물먹었네."

"그렇게 되긴 했습니다."

와타나베 다카기가 테라 탭의 화면을 내보였다.

거기에는 일견하기에도 화려한 왕관 하나의 사진이 떠 있었다.

"오! 메리가 쓰면 잘 어울리겠는데요?"

"회장님도 참……. 아재 개그가 나날이 느십니다."

"근데 뭐예요?"

"예카테리나 2세의 즉위 250주년 및 로마노프 왕조 건립 400주년을 기념하기 위해 만든 왕관입니다."

"모조품이죠?"

"예."

아무리 로마노프 왕조의 여제로 불리던 예카테리나의 왕관이라고 해도 진품이라고 보기에는 지나쳤다.

"무려 11,000개의 다이아몬드로 장식된 왕관입니다. 한데 이 왕관의 모델이 된 진품이 있습니다."

"그래요?"

"다이아몬드 2,000개로 구성되어 있는데 실제 예카테리나 2세가 착용한 것으로 알고 있습니다."

"그런 걸 누가 경매에 내놔요?"

이진이라면 내놓지 않을 것 같았다.

역사적 가치도 대단하고 또 보석의 가치도 상당할 것이다.

그런 걸 지금까지 가지고 있었다면 형편이 어려운 사람도 아니었을 것이다.

"이번 소더비 경매의 하이라이트입니다. 원래는 폴란드의 한 할머니가 가지고 계셨던 겁니다."

"그런데요?"

"그걸 니콜라이 이브라첸코가 할머니를 죽이고 훔쳤습니다."

"도둑놈 새끼네."

이진은 눈을 감았다 떴다.

어떤 놈들을 상대하는지를 다시 가늠해야 했다.

이놈들은 법이니 도덕이니 하는 것이 없는 놈들이다.

"이걸 니콜라이 이브라첸코가 이번 경매에 내놓을 겁니다. 물론 본인 이름으로 내놓진 않을 겁니다."

"세탁을 한다는 말이네요?"

"예. 자신이 낙찰을 받으려고 할 겁니다. 그리고 웃돈을 붙여서 팔 생각인데, 매수자도 결정이 되어 있습니다."

"이걸 사라?"

이진이 묻자 와타나베 다카키가 미소를 지었다.

"예. 니콜라이란 놈은 아시다시피 몇 번 회장님 때문에도, 테라 때문에도 물먹은 적이 있습니다. 그래서 이번만큼은 절대 지지 않으려고 할 겁니다."

"어떻게 안 져요?"

이진이 어이없는 질문을 했다.

지지 않을 수 없다.

지구상에서 이진보다 돈이 더 많은 사람은 없으니 말이다.

"그렇다는 말씀입니다. 가스프롬 아시죠?"

"당연히 알죠."

러시아 최대의 에너지 기업이 바로 가스프롬이다.

"가스프롬의 최대 주주가 바로 로마노프 왕조의 후예라고 주장하는 표도르 로마노프 4세입니다."

"우리 테라 같은 놈이네. 4세요?"

"스스로 그렇게 부르는 것이죠. 아무튼 그 왕관은 그렇게 세탁되어서 표도르 로마노프에게 갈 예정입니다. 절대 포기하려고 하지 않을 겁니다."

"아!"

이진은 무슨 뜻인지 알아들었다.

왕관을 이진이 산다.

그러면 표도르 로마노프는 그걸 회수하기 위해 접근을 하게 된다.

이진이 올리가르히의 최정상급 회원에게 접근할 루트가 열리는 것이다.

"중요한 것은……."

"좀 부담 가는 액수를 안기는 것이겠군요?"

"예. 사실 러시아 정부 지원이 없었다면 가스프롬은 벌써 문 닫았을 겁니다. 현금 유동성을 푸첸이 지원하지 않았다면요."

이진이 고개를 끄덕였다.

다시 와타나베 다카기.

"아마 거액으로 골동품을 샀다는 소식에 가스프롬 주가는 폭락할 겁니다."

"그럼 그걸 더 주워 담아 두고?"

"예. 정신없이 만들어 놓고 그사이 니콜라이 같은 자들을 제거하죠."

"왕관을 훔쳐 가려고 하지 않을까?"

"하하하! 에티오피아 연구소에 최신 프린트 기술이 있지 않습니까?"

"아! 그렇지."

맞다.

그 정도면 정말 거의 완벽한 모조품을 만들어 낼 수 있다.

왕관을 다시 훔쳐 가도록 두자는 뜻이나 다름없었다.

그리고 훔쳐 가면 증거를 남겨 두었다가 니콜라이든 누구든 체포하게 만들고 말이다.

"유럽이 좋겠네요?"

"에든버러에 보관하시는 것이 좋을 것 같습니다."

"이후에는 우리 에너지 사업 속도를 봐서 가스프롬을 인수하면 끝나는 거고?"

"예. 그게 집단 지도 체제의 맹점입니다. 주도 세력인 가스프롬이 문제가 생기면 나머지는 사분오열될 겁니다."

"그럴 때는 또 집단 지도 체제가 제왕적 대통령제보다도 못하네."

"예, 그렇습니다."

다시 와타나베 다카기가 화면을 들이댔다.

"막내 도련님이 사 오라고 하신 품목입니다."

"끄응, 어쨌든 왕관은 메리가 좋아할 것 같네."

"경호는 신경 쓰지 마십시오. 문제가 없도록 완벽하게 조치했습니다."

"그래요. 수고했어요."

와타나베 다카기가 물러갔다.

이진은 월드컵 개막식을 일반석에서 관전했다.

그리고 물론 한국 경기도 관전했다.

이진은 그 결과가 어찌 될지를 알면서도 한국 팀이 이기기를 바라며 응원했다.

그러나 소용이 없는 일이었다.

이진은 그 결과를 보면서 인간은 참으로 나약하고 보잘것없는 존재란 생각이 더 들었다.

빤히 아는 것을 바꿀 수 없다.

그러나 가만히 생각해 보니 자신이 한국 축구에 좀 더 많은 재원을 투자하고 지원했더라면?

결과는 달라지지 않았을까?

문득 그런 생각이 들자 스스로가 최선을 다하지 않는다는 생각이 들었다.

'그래 봐야 이제 고작 1년여······.'

그것이 이진이 아는 미래의 전부였다.

그 이후 이진은 인류에게 완벽한 에너지 시스템을 선물할 생각이었다.

그걸로 자신이 누린 모든 혜택을 갚을 수 있으리란 확신이 들었다.

이진이 에티오피아 연구소에 여러 가지 주문을 넣으며 호텔에 머무르는 동안 월드컵 조별 예선은 막바지로 치닫게 되었다.

❖ ❖ ❖

 조별 예선 마지막 한국 경기가 끝난 다음 날.
 이진은 경매에 참여하기 위해 나섰다.
 소더비 경매는 모스크바 메디슨 로열 호텔에서 열렸다.
 주변 도로에 삼엄한 모스크바 경찰의 경비가 펼쳐져 있었다.
 그것만 봐도 모스크바의 치안이 생각만큼 제대로 유지되지 못하고 있는 것만은 분명했다.
 월드컵을 관전하러 온 많은 부자들과 유명 인사들이 경매에 참여하기를 원해 보안은 더 철통같았다.
 더구나 이진이 소더비 측에 경매에 참여할 것을 알리자 경호를 위해 보안 인력을 더 충원하기까지 했다.
 "하이, 진. 데보라는 잘 지내죠?"
 "하이, 테드. 잘 지내세요."
 소더비 회장 테드는 늘 그랬던 것처럼 어머니 데보라 킴의 안부부터 물었다.
 어머니 데보라 킴은 소더비나 크리스티 경매의 큰손.
 그뿐만이 아니라 명품 업체들에서도 어머니 데보라 킴은 VIP중의 VIP였다.
 "메리도 함께 오셨으면 좋았을 텐데……."
 "글쎄요. 통 관심을 갖지 않네요."

어머니 데보라 킴의 경우는 혼자 아들을 키우고 테라의 경영까지 떠맡으면서 물건을 사들이는 것으로 스트레스를 푼 것만은 분명했다.

엄격하신 할아버지가 그걸 막지 않고 허용한 걸 보면 알 수 있다.

그러나 꼭 그런 스트레스 해소용만은 아니었다.

할아버지는 거기에 가치를 부여했고, 어머니 데보라 킴은 이해했다.

그래서 테라는 엄청난 가치의 골동품을 가지게 되었고 이진은 그걸 처분할 수 있었다.

그러나 이제 테라의 안주인은 바뀌었는데…….

메리는 경매 같은 걸 그다지 좋아하지 않았다.

'괜히 돈지랄하러 다니는 것 같잖아?'
'그 말을 어머니가 들었으면……!'
'이를 거야? 이르진 마라.'

보통 이런 식으로 부부간의 대화가 오갔다.

어쨌든 어머니 데보라 킴이 사 놓은 골동품들은 모두 제 몫을 했다.

"오늘 경매 참석 이유가 당연히 예카테리나 여제의 왕관 때문이시겠죠?"

"예. 메리가 너무 쓰고 싶어 해서요."

"하하하! 이 회장님 부부야 워낙에 화목하시니까요. 메리에게 잘 어울릴 겁니다. 하지만 오늘 여제의 왕관을 차지하는 건 쉽지만은 않으실 겁니다."

"그런가요? 설마요."

이진은 소더비 회장의 말에 웃으며 따라 걸었다.

사려고 마음먹으면 못 살 리 없다는 말.

거액이 오갈수록 소더비는 돈을 번다.

경매장 안에는 이미 많은 사람들이 자리를 잡고 있었다.

이진이 들어가자 모두 놀라며 인사를 건네 온다.

이진은 간단히 목례로 답한 후 자리에 앉았다.

"하하하! 이 회장님!"

그리고 오늘의 주인공이 나타났다.

니콜라이 이브라첸코였다.

"Who are you?"

"I'm……."

당황하셨나요?

이진은 그렇게 말하고 싶었다.

공식적으로도 세 번이나 만났는데 모른다고 딱 잡아떼는 이진.

메겐도 연기에 능했다.

"이… 분은……."

테라 탭을 꺼내 뒤적거리며 안면 검색 시스템을 점검하는 메겐.

니콜라이 이브라첸코의 낯빛이 어두워지는 것이 보인다.

자존심이 상한 것이 분명했다.

일단 화를 잔뜩 끌어 올리는 것이 이번 일의 관건.

"니콜라이!"

그때 마침 소더비 회장이 니콜라이 이브라첸코를 알아봤다.

아마 예카데리나 여제의 왕관 때문에 접촉이 있었던 모양이다.

사실 니콜라이 이브라첸코는 공식 석상에서 아는 척할 만한 인물은 아니었다.

그래 봐야 안 좋은 소문만 들릴 테니까.

"아! 니콜라이 이브라첸코 회장님이세요."

"니콜라이?"

이진은 여전이 모르는 척했다.

메겐이 적당히 하라는 눈치를 준다.

하지만 이진은 더 나갔다.

그제야 아는 척을 하는데…….

"아아! 영국에서 선이가 3살 때 물먹였던?"

이진의 말은 한국말이었다.

그런데 오늘따라 니콜라이 이브라첸코는 한국 통역을 데리고 있었다.

이진에 대한 대비로 특별히 구한 것이 분명했다.

이진은 통역이 뭐라고 말하는지를 유심히 들었다.

"영국에서 이선이란 분과 함께 미네랄워터를 드신 적이 있으시다는 군요."

"푸흡!"

이진은 통역의 말에 빵 터지고 말았다.

니콜라이 이브라첸코가 통역과 이진을 노려본 후 제자리를 찾아가 앉았다.

이만하면 충분해 보였다.

물먹였다고 했더니 미네랄워터를 함께 먹은 것으로 통역하다니?

한국말의 다양한 표현 방식이 외국인들 입장에서는 맵긴 매운 모양이었다.

곧 경매가 시작되었다.

가장 처음 나온 것은 중국 명나라 때의 자기 세트였다.

1만 달러부터 시작되었는데, 가격은 순식간에 10만 달러로 올라갔다.

달러, 그리고 테라 페이가 거래 화폐 단위였다.

10만 달러를 부른 사람은 중국 IT 업체의 신흥 부자였는데 이름이 왕쥐엔이라고 했다.

10만 달러에서 더 올라갈 것 같지 않자 낙찰을 선언하려 할 때, 이진이 팻말을 들었다.

그러자 메겐이 가격을 말했다.

"20만 달러!"

20만 달러란 말에 처음부터 이진에게 시선이 집중됐다.

하지만 모두 '그럼 그렇지.' 정도의 반응이다.

워낙에 부자이니 20만 달러를 불러도 그다지 신기할 것도 없었다.

"21만 달러!"

왕쥐엔이 만 달러 가격을 높여 불렀다.

포기하고 싶지 않은 모양이었다.

이진이 바로 뒷자리.

돌아보자 한마디 한다.

"우리 조상님 때 썼던 그릇입니다. 양보해 주시죠."

"아들이 사길 원해요."

이진은 왕쥐엔의 제안을 일언지하에 거절했다.

결국 왕쥐엔은 더 이상 금액을 높여 부르지 못했다.

더 불러 봐야 소더비 수수료만 높여 주는 꼴이 될 테니 말이다.

첫 경매는 그렇게 끝이 났다.

이진은 몇 차례 더 경매에 참여했지만 대부분은 중도에서 포기하고 말았다.

막내아들 이선이 정해 놓은 가격을 초과했기 때문이었다.

경매는 열기를 더해 갔다.

그리고 경매 총 금액도 점점 높아만 갔다.

마침내 마지막.

"오늘 경매의 마지막 예술품을 선보이겠습니다."

경매사의 말에 이어 여직원 둘이 직사각형 카트를 밀고 들어왔다.

검정 실크로 덮여 있어 무엇인지는 보이지 않는다.

그러나 그것은 로마노프 왕조 예카테리나 여제의 왕관임이 분명했다.

실크 덮개가 벗겨지자 우아하고 화려한 왕관이 조명을 받아 반짝거렸다.

"로마노프 시대 예카테리나 여제의 왕관입니다. 첫 경매 가격은 100만 달러부터 10만 달러 단위로 시작하겠습니다."

"100만 달러."

경매사가 시작을 알리기 무섭게 100만 달러를 부르는 사람이 있었다.

그러자 곧바로 50만 달러가 높여졌다.

"150만 달러."

"160만!"

"200만!"

여기저기서 호가가 쏟아지며 가격이 높아졌다.

이진은 아무 반응 없이 지켜보기만 했다.

그리고 가격이 400만 달러까지 치솟자 니콜라이 이브라첸코가 호가를 더 높였다.

"500만 달러!"

"500만 달러 나왔습니다. 더 없으십니까?"

사실 500만 달러는 예카테리나 여제의 왕관에 그다지 높지는 않은 액수였다.

장식된 다이아몬드의 가격만 해도 200만 달러는 족히 예상된다고 했다.

그러나 문제는 예카테리나 여제의 왕관이 예술적 가치는 그다지 높지 않다는 것이었다.

그러니 실제 다이아몬드 가격에 골동품으로서의 가치를 매겨도 가격은 300만 달러가 적정선이었다.

이미 그 가격은 넘어섰다.

경매가 후끈 달아오른 것이다.

니콜라이 이브라첸코가 호가를 부르자 일시에 장내는 환호했다가 식어 버렸다.

"더 안 계십니까? 510만 달러 안 계십니까?"

"그럼……."

낙찰을 결정하려는 순간, 이진이 번호표를 들어 올렸다.

"1,000만 달러!"

"와아!"

좌측 옆에 자리하고 있던 니콜라이 이브라첸코의 표정이 굳어졌다.

"이 회장님!"

"예."

"정당하게 경쟁하시죠."

"정당하게요?"

이진이 니콜라이 이브라첸코의 말에 되물었다.

"예. 대략 400만 달러의 가치로 평가받는 물건입니다."

"내가 알기로는 여기서는 높은 가격을 부르는 사람이 낙찰을 받는 것으로 아는데……. 그것도 불공정한가요?"

"꼭 사시려는 이유가 뭡니까?"

"메리가 가지고 싶어 해서요."

니콜라이 이브라첸코의 안색이 더 굳어졌다.

그런데 포기하지 않는다.

자존심에 상처를 입은 것이다.

"1,100만 달러!"

한순간에 100만 달러를 높여 부르는 니콜라이 이브라첸코.

"2,000만 달러!"

이진은 망설임 없이 900만 달러, 한화로 100억을 높여 불렀다.

"2,100만 달러!"

니콜라이 이브라첸코가 무리를 하고 있었다.

물론 2,100만 달러가 없는 놈은 아니다.

그러나 그렇게 많은 돈을 써도 되는 형편은 아니었다.

니콜라이 이브라첸코의 전 재산은 알려진 것만 대략 1억 달러 정도.

물론 뒤로 빼돌린 재산도 꽤 있을 것이다.

하지만 다 해도 2억 달러를 넘어서지는 않을 것.

전 재산의 5퍼센트를 예술적 가치도 없는 골동품에 투자하는 것은 위험천만한 일이었다.

"무리하시는 거 아니에요?"

이진의 말에 니콜라이 이브라첸코가 양팔을 들어 보인다.

'낫씽.' 하고 외치는 것 같았다.

"3,000만 달러!"

"3,100만 달러!"

"4,000만 달러!"

"4,100만 달러!"

천만 달러에 100만 달러가 붙어 경매가가 올라간다.

장내의 모든 사람들이 이 경매의 결과에 주목했다.

여기저기서 금액이 불릴 때마다 탄성이 터져 나왔다.

"5,000만 달러!"

"5,100만 달러!"

다시 1,000만 달러가 높여졌을 때, 이진이 일말의 망설

임도 없이 입을 열었다.

"포기할게요."

"예?"

좌중의 모든 사람들이 놀라 이진을 바라봤다.

니콜라이 이브라첸코는 더할 나위도 없었다.

순식간에 300만 달러짜리 왕관을 5,100만 달러에 사게 생긴 것.

"갑자기 왜……?"

"더 높여 불러야 해요?"

"그게 아니라……."

경매사가 묻자 이진은 너스레를 떨었다.

그리고 니콜라이 이브라첸코에게 인사까지 했다.

"계속 보다 보니 메리한테 안 어울릴 것 같네요. 축하드려요."

"……."

니콜라이 이브라첸코의 손까지 떨리는 걸 확인한 이진은 곧바로 자리를 털고 일어섰다.

졸지에 5,100만 달러짜리 왕관을 낙찰 받은 니콜라이 이브라첸코는 아직 충격에서 벗어나지 못한 상태였다.

이진의 등 뒤로 니콜라이 이브라첸코의 욕설이 뒤따르는 것 같았다.

'이런 시벌 놈이?'

한국 사람이라면 그렇게 말했을 것이다.

호텔을 빠져나온 이진은 곧바로 차에 올랐다.

메겐이 한숨을 쉰다.

"왜요?"

"회장님! 왕관을 사기로 하셨잖아요. 제가 유니버스 회장님께 벌써 연락까지 해 두었는데 이러시면……."

"뭐라고요? 그럼 진즉에 말 좀 해 주시지. 메리가 가지고 싶어 하는 줄 알았으면 2억 달러라도 샀을 텐데……."

"어쩌면 좋습니까?"

"휴우! 니콜라이인가 하는 좆밥에게 다시 팔라고 한번 해 보실래요?"

"조오밥이요?"

"아니, 그 말은 좀 빼고……. 1억 달러까지 한번 불러 봐요. 난 1억 달러보다 메리가 더 무서워."

"회장님도 참! 그렇게 무서우시면 낙찰을 받으셨어야죠."

메겐이 곧바로 스마트폰을 꺼내 들었다.

그리고 곧바로 성북동으로 전화를 했다.

(아, 회장님은요?)

메리 앤은 먼저 이진의 안부부터 물었다.

"잘 지내십니다. 그나저나 왕관을 사지 못하셨습니다."

(무슨 왕관?)

"꼭 가지고 싶어 하신다고 말씀드렸어야 했는데……. 5,000만 달러라니 물러서셨습니다."

(뭔 소리예요? 왕관이 뭔데요? 그리고 무슨 왕관이 500달러도 아니고 5,000만 달러나 해요?)

메리 앤은 황당해하며 말했지만 메겐은 여전히 헛소리를 했다.

메겐의 전화는 도청이 되는데 메리 앤의 전화는 도청이 되지 않는다.

그래서 혼자 쇼를 하는 것이었다.

"회장님께서 왕관 같은 거 좀 안 쓰시면 어떠냐고 하셔서. 죄송합니다, 사모님."

이젠 완전히 사모님이라고까지 부르며 거짓말을 하는 메겐.

메리 앤은 대체 무슨 일인가 싶어 다시 물어야 했다.

(그러니까 그게 다 무슨 말이냐니까요?)

"다시 1억 달러에라도 사 보겠다고 하십니다."

(뭘요?)

"예? 아, 2억 달러라도 가지고 싶으시다고요?"

(자꾸 헛소리할래요?)

"알겠습니다. 그렇게 말씀 올리겠습니다."

뚝.

메겐이 거짓말만 하다가 전화를 끊었다.

러시아 커넥션 • 249

메리 앤은 하도 기가 막혀 소파에 앉아 골똘히 생각해 봐야 했다.

와타나베 다카기의 계획에서 하나가 벗어났다.

이진이 왕관을 사야 하는데 사지 않고 가격만 높여 놓은 것이다.

모두 이진이 다시 짠 계획이었다.

아무리 생각해 봐도 와타나베 다카기의 생각은 신빙성이 떨어졌다.

아내가 왕관을 원하는데 그걸 다시 팔려고 나선다?

너무 상투적이지 않은가?

아예 사지 않고 사려고 접근하는 것이 나을 것 같았다.

전화를 도청했을 테니 이미 2억 달러 이상은 지불할 것이라고 여길 게 분명했다.

호텔 객실에 들어오고 나서야 이진은 메리 앤에게 보안 전화를 했다.

(무슨 왕관? 선이가 사라고 한 거야? 그래도 5,000만 달러는 안 돼.)

"그게 말이야……."

이진은 바가지 긁는 시늉을 하는 메리 앤에게 자초지종

을 설명했다.

그리고 부탁을 하나 했다.

"예카테리나 여제의 진품 왕관을 꼭 가지고 싶다는 걸 페이스 북에라도 올려 주면 안 될까?"

(나 안 갖고 싶어. 그럼 그걸 정말 사겠단 말이야?)

메겐이 옆에서 엿듣다가 이진의 어깨를 꾹꾹 눌렀다.

"메리가 좋아할 것 같아서 그렇지. 잘 어울릴 것 같지 않아? 테라 유니버스 회장님이 왕관 쓴 모습?"

(무슨 헛소리야?)

"오늘 택배 온 거 한번 열어 봐. 거기 왕관 들었거든."

(그걸 샀단 말이야, 안 샀단 말이야?)

메리 앤이 택배란 말에 바로 따지고 들었다.

"안 샀어. 거기 모조품이 하나 들었는데, 그거 쓰고 페이스북에 사진 한 방 올려 주라."

(그러지, 뭐. 근데 정말 안 산 거지?)

"안 샀어. 됐지?"

(요즘 살림이 쪼들려.)

"콜록! 콜록!"

메리가 막 '살림살이 곤궁함 놀이'를 시작하려 하자 메겐이 기침을 해 댔다.

(암튼 일 다 봤으면 얼른 돌아와.)

"남은 일 좀 처리하고. 아, 선이가 부탁한 건 대부분 가격을 넘었어. 하나만 낙찰 받았어. 그거 보낸다고 문자 보내."

(응, 알겠어. 아이 러브 유!)

 메리 앤이 'ㅠㅠ.'를 붙인 것도 모자라 슬픈 사슴 같은 눈동자로 모조품을 쓴 채 찍은 사진을 페이스 북에 올리자 난리가 났다.
 실검 1위가 예카테리나 여제의 왕관이었다.
 그때까지는 아무런 연락도 없었다.
 이진이 다시 한국행을 하는 날에서야 연락이 왔다.
 니콜라이 이브라첸코가 아니라 표도르 로마노프였다.
 가스프롬의 대주주였기에 이진에게도 충분히 만날 명분이 있었다.
 명분은 테라가 보유한 가스프롬의 주식에 대해 의논할 일이 있다는 것이었다.
 그러나 분명히 예카테리나 여제의 왕관 때문임이 분명했다.
 이진은 모스크바 외곽의 가스프롬 소유 별장으로 향했다.
 "어서 오십시오. 회장님께서 이렇게 쉽게 미팅을 허락하실 줄은 몰랐습니다."

"한 개의 주식도 소중하니까요. 더구나 가스프롬인데요?"

이진이 표도르 로마노프를 향해 웃으며 화답했다.

"부족하지만 점심도 준비를 시켰습니다. 그동안 대화나 나누시죠."

"예. 좋습니다."

이진은 표도르 로마노프의 말에 기꺼이 응했다.

표도르 로마노프가 굉장히 신경 쓴 것이 분명했다.

메이드들이 차를 내왔다.

검정색 가터벨트가 훤히 들여다보이는 데다가 젊어도 너무 젊었다.

그리고 미인이었다.

이진은 슬쩍 지나가는 메이드의 허리를 건드렸다.

그 순간 표도르 로마노프의 표정이 살짝 변했다.

메이드들이 나가자 표도르 로마노프가 입을 열었다.

"꼭 뵙고 가스프롬 주식에 대해서 이야기를 나누고 싶었습니다. 2대 주주이시니까요."

"솔직히 말해서 2대 주주는 아니죠. 회장님이 2대 주주이시죠."

이진은 사업 이야기가 나오자 사실을 그대로 말했다.

전 세계 천연가스 매장량의 20퍼센트가 가스프롬 소유다.

세계 최대의 천연가스 생산 회사인 것이다.

당연히 정부가 지분을 가지고 있다.

한때 완전한 민영화를 바라보다가 2004년 정부가 50퍼센트의 지분을 가지면서 다시 국영화됐었다.

현재 최대 주주는 러시아 정부로 38퍼센트를 가지고 있었다.

게다가 외국인 소유 제한이 있는 주식이라 이진이 가진 주식은 잘해야 2퍼센트 남짓이었다.

표도르 로마노프가 가진 주식이 대략 13퍼센트 정도.

그러니 3대 주주다.

아니, 어쩌면 3대 주주가 되지도 못한다.

가스 사업 역시 최근에는 러시아 최대 석유 기업 로스네프트(Rosneft)와 양분했기 때문이다.

따지고 보면 로스네프트가 2대 주주일 수도 있다.

그만큼 러시아 국영 기업이었다가 민영화된 기업들의 지분 분포율은 깜깜이었다.

하여간 표도르 로마노프가 2대 주주인 것은 확실하다.

로스네프트의 지분 역시 상당 부분 보유하고 있기 때문이었다.

"하하하! 그런가요? 회장님은 석유 사업에는 크게 관심이 없으신 가 봅니다."

"그럴 리가요? 단순히 러시아 정부 지분이 많으니 투자가 쉽지 않아서죠."

"에너지 사업 전망은 어떻게 생각하십니까?"

차를 들면서 분위기가 좀 가라앉자 표도르 로마노프가 물었다.
"사실 난 에너지 사업은 가망이 없다고 생각합니다."
"어째서요?"
이진이 솔직히 말하자 표도르 로마노프가 물었다.
"팔 게 없어지지 않겠습니까?"
"아······."

재벌집 망나니
7대독자

 석유 자원이 유한하니 당연히 나중에는 더 이상 팔 것이 없어질 것이다.
 그러나 그런 말이 나온 지 한참이 지났음에도 여전히 석유는 글로벌 무기였다.
 이진이 원론적인 대답을 내놓자 표도르가 본론을 꺼냈다.
 "니콜라이가 실수를 한 모양입니다. 괜히 이 회장님과 경매에서 충돌하는 바람에 많은 돈을 잃었습니다."
 "그렇습니까?"
 "이 회장님 쪽에는 별다른 타격이 없는 돈이겠지만, 니콜라이 쪽에서는 아마 그렇지 않을 겁니다. 니콜라이가 뭘 잘못한 것이 있습니까?"

"그럴 리가요. 단지 와이프가 가지고 싶어 해서 사려던 것이었는데……. 값이 너무 비싸서요."

이진은 별것 아니라는 식으로 이야기했다.

"유니버스 회장님이 탐을 내셨다면 하나 사 주셨어도 괜찮았을 텐데……."

"그렇긴 하죠. 하지만 아마 사 줬어도 욕은 먹었을 겁니다. 혹시 다시 사라고 절, 청하신 건 아니시겠죠?"

이진은 절대 사지 않겠다는 표정으로 물었다.

"우리 가스프롬 주식이면 어떻습니까?"

표도르는 왕관을 가지고 싶다.

그러나 5,000만 달러나 줄 돈은 없었다.

사실 가스프롬 주식은 서방의 제재로 인해 땅에 떨어질 만큼 떨어졌으니까 말이다.

게다가 국영 기업체를 자기 회사처럼 운영하니 수익이 날 수가 없었다.

따지고 보면 가스프롬이 내는 손해는 러시아 국민의 세금으로 때우고 있는 중이었다.

그럼에도 5,000만 달러나 현금을 썼으니…….

사실 추후에 경매를 포기할 수도 있었을 것이다.

그러나 그만큼 표도르가 왕관을 가지고 싶기도 했던 모양.

어쨌든 이 기회를 통해 왕관을 다시 넘겨주면서 이진과의 거래를 트고 싶어 하는 것이 분명했다.

"가스프롬 주식에는 관심이 없습니다. 하지만 부동산에는 관심이 있어요."

이진은 짧게 대답했다.

"부동산이요?"

"예. 가스프롬이 보유하고 있는 부동산 있지 않습니까? 처분하실 용의가 있다면 제가 구입하죠. 그럼 왕관 값은 제가 선물로 드릴 수도 있어요. 대신 조건이 있습니다."

"뭡니까?"

"니콜라이 말입니다. 그 친구가 마음에 들지 않아요. 그동안 우리 처가 사람들을 데리고 놀았어요. 내가 그냥 넘어가면 아마 메리가 서운해 할 겁니다."

"어떻게 해 드리면 될까요?"

"미국으로 여행 한번 시켜 주시죠. 그럼 제가 덤으로 가스프롬 주식도 드리지요. 액면가로요."

"하하하하! 그냥 정말 사업가라는 평에 의구심이 있었는데 대단하시군요. 좋습니다."

표도르 로마노프가 이진의 제안을 받아들였다.

아마 올리가르히들은 이 제안을 환영할 것이다.

그러나 그건 그들의 생각이었다.

푸첸이 정권을 잃고 나면, 그리고 테라의 에너지 사업이 공표가 되고 나면 니콜라이 이브라첸코에 의해 수집된 정보들은 모두 화살이 되어 다시 돌아갈 테니 말이다.

에너지 쇼크 • 261

그때는 올리가르히들은 망해 가는 사업 때문에 힘을 쓸 수 없을 것이 분명했다.

이진은 러시아에 거점이 될 만한 부동산까지 미리 선점하게 되는 기회를 만들고 있었다.

거래는 실무진에게 넘겨졌다.

이진은 호텔로 돌아와 와타나베 다카기에게 내용을 설명한 후 곧바로 한국으로 돌아왔다.

2018년 러시아 월드컵이 끝나고 나자, 남북한 간의 화해 물결은 급물살을 타기 시작했다.

이진은 조용히 앉아서 에너지 사업을 터트리기 위한 구상에 들어갔다.

이미 보일러 생산 회사와 건설 회사들을 세계 각국에서 인수해 테라에서 개발한 다이나모 장치를 기본 설치할 계획이 수립되고 있었다.

이것은 아주 민감한 문제였고, 전쟁까지 유발할 수 있는 문제여서 모든 것을 기밀로 신중하게 접근하고 있었다.

더불어 착공된 테라 타워에도 다이나모 에너지 시스템을 장착하기 위한 준비가 시작되었다.

아시안 게임의 열기가 수그러들기 시작한 9월 18일, 남북 정상 회담이 평양에서 개최되었다.

그리고 이른바 9월 평양 공동 선언이라는 것이 채택되었다.

이진 역시 정상회담 자리에 초대를 받았지만 즉시 거부했다.

이유는 북한의 인권 문제와 UN의 경제 제재 조치를 준수한다는 것이었다.

그리고 10월이 되자 라스베이거스에서 낭보가 전해졌다.

바로 니콜라이 이브라첸코가 카지노 입구에서 총에 맞아 사망했다는 내용이었다.

원래의 계획대로라면 올리가르히들을 전부 제거해야 했지만, 이진은 직접적으로 영향을 끼친 니콜라이 이브라첸코만을 제거하는 걸로 끝을 냈다.

아이들을 생각하면 한편으로는 손에 피를 묻히는 것이 부끄러웠고, 한편으로는 그냥 두는 것이 오히려 부담이기도 했다.

그러나 자신의 삶은 스스로 이끌어 가야 하는 것.

이진이 아무리 세계 최고의 부자라고 해도 아이들의 삶까지 마음대로 할 수 있는 것은 아니었다.

그리고 아이들의 미래의 위험까지 제거해 줄 수는 없었다.

이후로는 방해가 없어서인지 별다른 일 없이 사업은 빠른 속도로 진행되어 갔다.

심지어 이진에게는 메리 앤과 내장산 단풍 구경을 갈 시간까지 생겼다.

그리고 겨울이 다가오자, 이진은 늘 그랬듯 메리 앤과 함께 다시 뉴욕의 이스트사이드 저택으로 갔다.

삼둥이까지 가족 모두가 모인 것은 오랜만이었다.

딸 이령은 연구를 못하게 된 것이 불만인 모양이었다.

이스트사이드 저택 내부에는 첨단 장치란 것이 별로 없었다.

심지어 와이파이조차도 잡히지 않는다.

조상들이, 그리고 할아버지 이유가 만들어 놓은 대로 가급적 원형을 유지하려고 노력하고 있었다.

"령이는 요즘 무슨 연구해?"

"양자."

"음, 양자?"

"아빠가 양자를 알아?"

딸 이령은 이진이 무릎 위에 앉히지 앙탈을 부렸다.

눈에는 돌려보내 달라는 애원이 가득했다.

"너 아빠한테 그게 무슨 말버릇이야?"

"내가 뭐?"

메리 앤의 타박에도 마찬가지.

그러나 남동생 둘이 들어오자 그래도 신은 나는 모양이었다.

"선이 넌 요즘 뭐 해?"

"난 금융 시스템 연구 중이야."

"아주 돈독이 올랐네. 시스템으로 뭘 해결할 수 있겠어? 하려면 근본적인 문제를 파고들어야지."

둘의 대화에 둘째 이요가 끼어든다.

"그래. 나처럼 정치학 같은 걸 공부해서 다른 사람들이 보다 나은 삶을 살 방법을 연구해 봐."

"정치로 어떻게 나은 삶을 찾도록 해?"

"아이고, 우리 강아지들. 이 할미, 머리가 다 아프다."

데보라 킴이 나서고 나서야 논쟁은 끝이 났다.

각기 다른 성향을 가졌으면서도 형제라는 한 묶음이 되면 뭉치는 것이 신기할 따름이었다.

이제 아이들은 10살.

불과 10년 후면 성인이 된다.

이진은 그걸 생각하자 마음이 급해지면서도 살아온 날들이 아깝다는 생각이 들었다.

특히 박주운으로 살아온 날들이 가장 아까웠다.

아무리 발버둥 쳐도 벗어날 수 없을 것 같았던 성산의 그늘이 왜 그때는 그렇게 높고 견고해 보였는지?

지금 생각하면 아무것도 아님에도 그때는 벗어날 꿈도 꾸지 못했었다.

그 생각을 하자 아이들에게 부끄럽기까지 했다.

"무슨 생각을 그렇게 해?"

"응? 아니, 그냥……."

"에너지 사업?"

"그냥."

"너무 앞서가진 마. 뭐든 무르익어야 떨어져도 저절로 떨어지는 법이잖아."

메리 앤이 위로를 하더니 아이들과 산책을 한다면서 밖으로 나갔다.

이진은 그 틈을 타 내규장각으로 향했다.

뉴욕 시내에 있던 문서들까지 다시 가져와 내규장각을 정비했다.

한국에는 사본을 남겨 두었고 이곳에는 원본을 보관했다.

이진은 이진의 기록을 하나 꺼내 읽기 시작했다.

여러 투자에 대한 메모들과 사업에 대한 생각들이 들어 있다.

지금 이진의 생각과 별반 다르지 않았다.

그러다 묘한 메모를 발견했다.

전에도 봤지만 그냥 넘겨짚었던 메모였다.

〈대체 정신은 어떻게 발현되는 것일까? 단서조차 없다. 수십억 개의 뉴런이 어떻게 결합되어 어떻게 작동하는지를 알게 된다면······.〉

이진이 인간의 정신에 대해 고민한 흔적이었다.

이진, 아니 박주운 역시 다르지 않았다.

그저 박주운이 죽은 후 이진이 된 것이 신의 영역에 속하는 일이라고 여겼다.

그렇게 생각하는 것이 어쩌면 편해서일 수도 있었겠지만, 해결 불가능한 문제를 안고 사는 고통을 덜기 위한 도피일 수도 있었다.

'만약 돈이 많다면 무얼 하겠는가? 그것도 어마어마하게 많다면 뭘 하겠는가?'

이 질문에 정말 현명한 대답을 내놓을 수 있는 사람이 있을까?

대부분은 아마 소비에 대한 이야기만 늘어놓다가 말 것이다. 아무 의미도 없고 공허한 말들로 재산을 쓰겠다고 채울 것이다.

어찌 되었든 현재 이진이 접근 가능한 정신의 영역은 이진 자신의 정신 영역 외에는 없었다.

"이렇게 돈이 많은데도 통제할 수 있는 정신은 단 하나라니……."

"무슨 말이야?"

언제 들어왔는지 메리 앤이 이진이 중얼거리는 소리를 들은 모양이었다.

"그냥."

메리 앤이 와인 잔 2개를 내려놓는다. 오랜만에 둘이 한잔하자는 뜻이었다.

"애들은?"

"오랜만에 할머니 방에서 다 같이 잔대."

"그래? 섭섭하네."

"아닌 것 같은데?"

"아니긴! 난 아이들 데리고 메리하고 함께 자고 싶었는데……."

"내일 그렇게 해."

메리 앤이 와인 잔을 건네자 이진은 받아 한 모금을 마셨다.

"그때……."

"언제?"

"자기 교통사고 나서 병원에 입원했을 때……."

메리 앤의 말에 이진은 잠시 긴장했다.

메리의 입에서 무슨 말이 나오려는 것일까?

"그때 왜?"

"마치 당신이 다른 사람 같았어."

"그랬어?"

"응. 그래서 정말 겁이 났었어. 그런데 오늘까지 왔네."

이진은 다시 마음을 다잡을 수 있었다.

그 이야기가 나오자 무얼 어떻게 말해야 할지 갈피를 잡을 수 없었다.

지금 자신이 박주운의 환생이란 것을 말하면 메리는 믿을까?

이진의 걱정을 돌린 것은 메리였다.

"근데 바로 알겠더라고."

"어떻게?"

"내가 제니퍼 이야기하니까 곧바로 알아들었잖아."

"내가?"

"그럼. 바로 제니퍼 로렌이냐고 물으면서 마치……"

"마치, 뭐?"

이진이 메리 앤이 옆구리를 간지럽혔다.

메리 앤이 갑자기 화제를 바꾸어 버린다.

"그 이복동생 놈 말이야. 축구 클럽인지를 팔아먹었대."

"그냥 둬. 그러다 말겠지."

"자기는 어때?"

"뭐가?"

"돈 말이야. 어떻게 할 거야?"

"그거야… 당신하고 상의해야 할 문제지."

"그래서 말인데……."

메리 앤이 갑자기 돈 이야기를 꺼내더니 비밀 이야기를 했다.

이진은 묵묵히 들으며 밤을 지새웠다.

2019년이 되면서 이진은 포브스 선정 부자 1위가 되었다.

달라진 것은 2위인 메리 앤과의 격차가 더 벌어졌다는 것뿐이었다.

이진은 에너지 사업을 진두지휘하면서 연초를 보냈다.

대부분의 사업은 차질 없이 진행되고 있었고, 사업을 방해하는 세력도 없었다.

세력이 있다면 그건 정부들이었다.

이진이 에너지 사업에 박차를 가하는 동안, 메리 앤은 다른 사업에 몰두했다.

바로 테라 유니버스를 총 3개의 파트로 나누어 재단을 분리하는 일이었다.

둘은 이스트사이드 저택에서 겨울을 보내면서 재산을 재단에 환원하기로 결정을 내렸다.

사실 그렇게 한다고 해도 재단을 제외하면 아이들이 2대 주주가 되는 셈이라 경영권을 내놓는 것은 아니었다.

그럼에도 그렇게 한 것은 정부들의 견제 때문이었다.

국가주의 혹은 민족주의가 과학의 발전으로 인해 허물어져 가고 있음에도 여전히 그걸 고집하는 사람들이 권력을 손에 쥐고 있었다.

사실 고집한다기보다는 자신들의 이익을 위해 고수하고 있다고 봐야 했다.

틈만 나면 민족주의나 국가주의를 내세워 자신들의 정치적 욕구를 충족시키려 하는 사람들이 넘쳐 났다.

이진이 볼 때 트럼프 정부의 말로는 눈에 보였고, 푸첸 정부의 러시아는 그 뒤를 따르고 있었다.

중국의 집단 지도 체제 역시 사상누각이나 다름없었다.

2019년 상반기가 지나자 테라의 에너지 사업은 점점 속도를 더해 가기 시작했다.

그건 인류 역사에 남을 빅뱅이나 마찬가지였다.

2019년 하반기부터는 이진도 알 수 없는 미래의 시작이었다.

마치 작동하고 있는 드럼 세탁기를 밖에서 들여다보고 있다가 안으로 들어가 다른 빨래들과 함께 회전하는 기분이었다.

일본발 수출 금수 조치는 일어나지 않았다.

바로 테라의 위용 때문이었다.

그러나 법무부 장관 임용 사태로 촉발된 우익과 좌익의 대립은 날카로운 칼날처럼 곤두섰다.

피해를 보는 것은 그저 그들의 틈바구니에 낀 대다수의 국민들이었다.

엄청난 세금을 낭비해 가면서 소모적 논쟁을 벌이는 이념 대립은 평범한 가정 속으로까지 파고들었다.

이진은 여전히 중도에 섰다.

그리고 자신들의 신념이나 이데올로기가 아닌 국민만을 위하는 정부가 되기를 소원했다.

하반기에 들어서자 남북 관계는 다시 냉각 일변도로 전환되어 갔다.

북미 간의 화해 분위기로 정치적 위기를 벗어나 보려는 트럼프의 시도는 점차 우크라이나 쇼크로 불리는 탄핵의 발화점을 향해 내달리고 있었다.

이진은 2019년 12월 2일 월요일.

전체 테라그룹 회장단 회의를 소집했다.

전 세계에 있는 회장단이 모두 테라 전자 연수원으로 모여들었다.

그 수행단과 더불어 열리는 테라 프라이스 행사로 한국은 또 다른 연말 특수를 맞고 있었다.

그러나 테라전자 연수원은 철통 보안 속에 긴장감이 감돌았다.

"회장님! 시간 되었습니다."
"아, 올리가르히들은 어떻게 되었어요?"
"자기들끼리 지지고 볶느라 정신이 없습니다. 니콜라이가 라스베이거스에서 죽은 이후로 미국 FBI가 전 방위 관련 비리를 수사 중입니다."
"그럼 잘된 거네요."
"예. 테라에 더 이상 맞설 적은 없습니다."
와타나베 다카기는 자신했다.
그러나 이진은 아니었다.
"정부들이 있잖아요. 이제 빅뱅이 있고……. 회장단 보안은 어때요?"
"모두 믿을 만한 분들입니다. 사리사욕보다는 일을 우선에 두는 분들이니까요."
"자! 그럼 갑시다."
이진은 메젠을 대동하고 회장단 전체 회의가 열리는 대강당으로 입장했다.
우레와 같은 박수 소리가 이진을 맞았다.
가장 앞자리에는 메리 앤이 일어서서 박수를 쳤다.
이진이 아래로 내려가 키스를 하자 박수 소리는 더 커졌다.
회장단만 총 200명.

사상 최대 기업의 최대 회장단이다.

전체 연봉을 합하면 잉글랜드 프리미어리그와 스페인 프리메라리가 구단 전체 예산을 합친 것보다 많다.

그러나 받는 연봉보다 더 그들은 모두 제 역할을 해 나가고 있었다.

총 200명에 각각 비서와 수행원 2명씩이 배석해서 모두 600명이 넘었다.

이진이 자리에 앉자 가장 먼저 강우신 에너지 사업 부문 회장이 단상에 섰다.

최첨단 회의 시설을 갖추어 누구나 발언을 할 수 있고 저절로 기록이 되도록 시스템이 갖추어져 있었다.

"먼저 에너지 사업 부문의 보고를 드리게 된 것을 영광으로 생각합니다. 우리 테라의 핵심 미래 사업인 다이나모 에너지 발생 장치는 그동안 여러 형태로 개량되어 가정용, 산업용 등으로 진화되었습니다."

전체 모니터에도, 그리고 개별 모니터에도 산업별로 구체화된 에너지 발생 장치가 하나씩 등장했다.

그리고 핵심적인 것이 있었다.

"우리 에너지 사업 부문에서는 이걸 더 구체화시켜 무연료 자동차 엔진과 비행기 엔진, 그리고 로켓 엔진을 대체할 새로운 시스템의 개발을 시작했습니다."

"와아!"

짝짝짝.

우레와 같은 박수가 터져 나왔다.

강우신이 당장 상업화할 수 있는 부문부터 하나씩 추가로 설명을 이어 나갔다.

그렇게 대략 한 시간이 지나자 강우신이 자리에 앉았다.

다음 차례는 메리 앤이었다.

이번 메리 앤의 발언은 이진으로서도 중요한 순간이었다.

"안녕하세요. 테라 유니버스 회장 메리 앤입니다."

메리 앤은 오늘따라 기분이 좋아 보였다.

이진은 주먹을 불끈 쥐며 파이팅을 외쳤다.

"지난봄과 여름 사이, 제 이복동생들이 축구단을 팔아먹은 일로 욕을 많이 먹었습니다."

"와하하하!"

여기저기서 웃음이 터져 나왔다.

"또 제 남편이 왕관을 사는 일로 작년부터 우왕좌왕하는 바람에 정말 왕이 되고 싶은 것 아니냐는 말들을 많이 들었습니다."

이진은 이마를 짚은 채 고개를 숙여야 했다.

"대체 그런 건 왜 사들이는지 알다가도 모르겠어요."

메리 앤이 이진을 지목하며 말했다.

모두가 농담으로 받아들이며 소리 내어 웃었다.

"그런 일들의 반성의 의미로 우리 테라 유니버스는 이번 에너지 사업의 첫 번째 시작을 국민 소득이 가장 적은 나라부터 무상으로 설치하는 프로젝트를 준비했습니다."

장내는 메리 앤의 폭탄선언에 싸늘하게 식었다.

의도는 좋지만 그게 그렇게 간단한 일이 아니란 걸 이 자리에 모인 누구도 모르지 않았다.

자칫 국가 간 혹은 이권을 가진 진영 간 대립으로 이어질 수 있는 일이었다.

"그럼 그 재원을 어떻게 마련하실 생각이십니까?"

회장단 중 한 명이 질문에 나섰다.

"저와 회장님이 반성의 의미로 그동안 가지고 있던 계좌를 모두 빈민 구제를 위한 테라 유니버스의 기금으로 기부하기로 하였습니다."

"아! 그럼 규모가……."

와타나베 다카기가 화면을 띄웠다.

〈1,500조 달러〉

한국의 가계 부채 총액과 맞먹는 돈이었다.

모두 금액을 보고 놀라 수군거리기 시작했다.

메리 앤이 진행을 이어 나갔다.

"최빈민국인 아이티와 부탄, 그리고 방글라데시부터 무료로 다이나모 에너지 가정용을 공급하기 시작할 겁니다.

지금 마련한 재원이 전부 소진되면 추가로 재원을 기부할 생각입니다."

"말씀 중에 죄송한데, 그럼 북한도 포함되는 것입니까?"

민감한 문제를 한 회장이 지목하고 나섰다.

"어느 나라도 제외하지는 않을 것이지만, 정부가 우리 지원 사업을 자율적으로 맡기지 않을 경우 제외될 것입니다. 아울러 인권 탄압 등으로 국제 사법 재판소에 제소가 된 자가 정권을 유지하고 있는 경우 지원 대상 국가에서 제외시킬 것입니다."

메리 앤의 말에 여러 군데에서 찬성의 목소리가 들렸다.

그러나 우려도 만만치 않았다.

"하지만 그럴 경우 북한 같은 경우는……."

모두 김정은이 국제 형사 재판소에 제소되어 있는지를 찾느라 정신이 없었다.

그때 메겐이 마이크를 잡고 부가 설명에 나섰다.

"테라 유니버스와 유니세프는 내년 초 북한의 김정은을 살인 및 인권 유린 혐의로 국제 형사 재판소에 고소할 예정입니다."

그 말은 곧 북한을 제외시키겠다는 의미나 다름없었다.

이 역시 회장단들 사이에도 찬반 여론이 나눠지는 것이 보였다.

메리 앤이 다시 목소리를 높였다.

"테라 에너지 사업 부문에서 오케이 사인이 떨어지면 곧바로 부탄부터 가정용 다이나모 설치에 들어갈 것입니다. 이 사업을 위해······."

메리 앤의 설명이 이어졌다.

무려 2시간에 가까운 사업 설명이었다.

그러나 그 시간 동안 메리 앤은 꼿꼿하게 테라 유니버스의 사업을 회장단에 납득시키기 위해 노력했다.

물론 그냥 밀어붙여도 그만인 일이었다.

어차피 지분 구조상 이진이 꼭짓점에 있었고, 지주회사인 테라 지주가 전체 그룹을 지배하고 있기 때문이었다.

그러나 그렇다고 해서 그냥 처리할 일은 아니었다.

회장단도 납득시키지 못한다면 누가 테라의 다이나모 사업을 받아들이겠는가?

이 사업은 다른 사업 분야에 파생되는 영향이 막강했다.

당장 산유국들의 반발, 그리고 석유 화학 제품의 폭락으로 시장에 암운이 드리워질 것이 확실했다.

또 수많은 에너지 사업 부분의 일자리가 사라지게 될 것도 확실했다.

그 문제를 해결해 나가기 위해 이진은 가장 가난한 나라부터 무상으로 지원하는 계획을 구상한 것이었다.

그것만 해도 여러 나라 정부들의 반발은 물론 자칫 전쟁을 유발할 수도 있었다.

그러나 멈출 수는 없는 일이었다.

메리 앤의 발표가 끝이 나고, 점심을 먹은 후 회의는 속개되었다.

이어서 한국 내 테라 타워 건설과 전 세계 데이터 센터들의 에너지 시스템 교체 문제가 논의되었다.

그 사업은 2020년 초 즉시 시행되는 것으로 결론이 났다.

식품, 자동차, 통신, 유통, 전자 순으로 다른 사업 분야 발표와 청사진이 제시되었다.

그렇게 3박 4일간의 회의 마지막 날, 이진이 다시 마이크를 잡았다.

"뜻밖에 아주 야비하고 황당한 일을 당하면 어떻게 하시겠습니까?"

"……."

회장단은 아주 조용했다.

"누군가가 우리를 괴롭히고 우리가 하는 일에 훼방을 놓고 공격하면요?"

"맞받아쳐야죠."

회장단 중 한 명이 목청을 높이자 모두가 웃었다.

이진도 웃으며 말했다.

"그렇죠. 그러나 아마 대부분은 고통스럽고 짜증 나는 현실과 마주해 골치깨나 썩이게 될 겁니다. 온갖 음해와 비난이 들끓을 테니까요."

"……."

다시 회의장은 쥐 죽은 듯 고요해졌다.

이진이 말했다.

"앞으로 우리 테라가 그렇습니다. 난 쇼펜하우어의 말을 인용합니다."

이진이 결론을 내렸다.

"그런 일이 생긴다면 우연히 아주 특이한 광물 표본을 손에 넣은 학자와 같은 태도를 취하면 됩니다. 그저 뜻밖에도 연구해야 할 신기한 대상을 보게 된 것이죠."

이진은 그렇게 말한 후 자리에서 일어섰다.

"우리 모두 쇼펜하우어가 말한 광물학자의 마인드를 가져야 할 때입니다. 그래야 나와 여러분이 가진 재산이 우리 후손들에게 빛나는 유산으로 남겨질 겁니다."

우레와 같은 박수가 터져 나왔다.

이진은 메리 앤과 함께 회장단 한 명, 한 명과 악수를 했다.

그리고 부부 동반 만찬을 끝으로 이 3박 4일간의 회장단 회의가 막을 내렸다.

다이나모의 상용화 계획이 발표되고 1년이 지나 드디어 부탄을 시작으로 일반 가정에 다이나모 보일러가 설치되

기 시작했다.

처음에는 그저 테라 유니버스가 지원하는 사회사업 정도로 치부되어 아무도 관심을 가지지 않았다.

그리고 2022년 한반도에 불행이 찾아왔다.

북한 내부에 문제가 생기면서 국지전이 발생한 것이다.

한반도는 전쟁의 공포 속에 휘말렸다.

뉴욕에 있다가 미국 정부로부터 소식을 들은 이진은 곧바로 한반도 주변 4개국의 국가 원수에게 전화를 걸었다.

세 통의 전화가 끝이 나고 중국만 남았다.

중국은 이미 지상군을 단둥 지역으로 급파하고 있는 중이었다.

이에 따라 러시아 흑해 함대도 동해로 남하할 준비를 하고 있었다.

흑해 함대의 남하를 막은 이진은 시진핀과의 통화를 기다리고 있었다.

"회장님! 시진핀 국가 주석입니다."

메겐이 넘긴 전화를 이진이 받았다.

"이진입니다."

(아, 오랜만입니다.)

"소식 들으셨지요?"

(예. 휴전선 근처에서 국지전이 벌어져 대략 40여 명이 사망했다고 하더군요. 한데 그 일로?)

"예. 우리 테라는 중국이 이번 국지전에 어떤 영향도 미치지 않기를 희망합니다. 단둥 일대로 이동시키고 있는 병력과 둥펑 미사일 조준을 멈춰 주시죠."

(이 회장님! 하지만 이 일은 테라에서 관여할 일이 아닙니다.)

"관여할 일입니다. 전에 저에게 약속하셨던 말씀 잊으신 건 아니시겠죠?"

이진은 시진핀에게 전에 한 약속을 들먹거렸다.

그 약속은 아주 은밀한 것이었다.

여건이 성숙된다면 테라가 한국 왕조의 정통성을 받는 것을 인정해 주겠다는 밀약이었다.

(하지만 이 회장님…….)

"왕이 되려는 것이 아닙니다. 난 국민들이 고통 받지 않게 되길 원합니다. 미국과 러시아, 그리고 일본과 귀국만 개입하지 않으면 이번 일은 아무 문제도 일어나지 않고 끝날 겁니다."

(하지만 그게 그렇게 간단한 문제가…….)

시진핀은 쉽게 물러나지 않았다.

미국 대통령도, 러시아 대통령도, 심지어 일본 총리도 다른 나라의 대응에 따라 테라의 제안을 받아들이겠다는 답을 내놨다.

이진은 강수를 두었다.

"어느 나라든지 무력으로 개입할 경우 우리 테라는 그 나라에 대한 모든 에너지 지원 사업과 통신 지원을 즉시 중단할 것입니다."

(이 회장!)

"그렇게 되면 과연 주석께서 정권을 얼마나 더 유지하실 수 있을까요?"

이진은 그 말을 마지막으로 전화를 끊었다.

이진의 곁에는 강우신과 메겐, 그리고 와타나베 다카기가 자리하고 있었다.

문이 열리며 국지전 뉴스를 접한 메리 앤이 이스트사이드에서 달려왔다.

"어떻게 된 거야? 누가 다쳤어?"

"군인들이 죽고 다치고 한 모양이야. 일단 총격전은 몇 었다는데……."

다들 엄중한 분위기였다.

"쿠데타라면 잘된 거 아닙니까? 김정은의 신상에 이상이 생긴 거 아닐까요?"

강우신의 말을 이진이 받았다.

"잘된 건 아니지."

"그래도 통일로 나아가려면……."
"형! 내 생각에는 통일도 국민이 원해야 하는 거야. 그게 마치 꼭 해야 하는 것이라고 밀어붙이면 안 돼."
"하지만 다들 생각이 그렇지 않을까 해서……."
"생각은 변하지. 국민들이 선택할 일이지, 어느 지도자가 독단적으로 자신의 신념이 옳다고 밀어붙이면 안 되지."
이진의 생각은 적어도 그랬다.
지금 살고 있는 국민들이 선택하는 것이다.
그리고 북한 주민들이 선택할 문제다.
그건 누구 하나가 통일이 옳고 그르고를 판단해 자신만의 신념으로 몰아붙여서는 안 될 일이었다.
"일단 4개국에서 모두 긍정적 답신을 받았습니다. 러시아 함대는 다시 북상 중이고, 중국은 지상군 전진을 멈췄습니다."
"그래요? 그럼 지금 북한 내부 상황은 어때요?"
이진이 물었다.
그러자 와타나베 다카기가 화면을 띄웠다.
평양 시가지가 눈앞에 펼쳐졌다.
탱크와 장갑차까지 보인다.
보통의 경우 호위총국이 평양 시내는 거의 장악하다시피 하고 있어야 한다.
한데 지금 위성으로 보는 평양 시가지는 정규군이 장악

하고 있는 것으로 보였다.

"평양 방어 사령부가 항복한 것으로 보입니다. 지금 보이는 병력은 총참모부 산하 제11군단과 기계화 보병사단으로 보입니다."

"누가 핵심 인물로 보여요?"

"한인철 차수로 보입니다. 정찰총국 출신이었다가 보병사단으로 밀려났지만 국방위원회 소속은 아닙니다."

"순수 군인이라?"

"예."

이진은 모니터에 뜨는 한인철 차수라는 중년인을 가만히 바라보며 물었다.

"차수나 되는데 국방위원회 소속도 아니에요?"

"예. 순수한 군인입니다. 정치색이 없으니 당연히 국방위원회에서는 밀려났습니다. 하지만 군 내부에서는 신망이 두텁습니다."

"한인철 차수를 지원하는 소장파 장군들이 많습니다. 대부분 야전군입니다."

"그럼 다 끝난 거 아니에요?"

강우신이 와타나베 다카기에게 물었다.

"그건 아닙니다. 문제는 NKSOF입니다."

"북한 특수부대요?"

"예. 대략 병력이 15만에 가까운데, 사실상 내전 상황에서는 키를 쥐고 있다고 볼 수 있습니다."

"아직 어느 편에 섰는지는 알려지지 않았고요?"

"그야 김정은의 유고 여부에 따라 달라지지 않겠습니까? 병력을 중무장시킨 후 현재 평양 주변에서 대기 중입니다만……."

와타나베 다카기가 말을 흐린다.

"협상이 잘못되면 대규모 유혈 사태가 날 수도 있겠네요?"

"그렇습니다. 일촉즉발입니다. 북한 전역에 위수령이 내려진 데다가 병력 이동이 금지되었습니다. 만에 하나 특수부대가 위수령을 어기면 김정은 편에 섰다는 의미가 될 겁니다."

"확실히 해 둘 필요가 있겠네요?"

"예. 문제는 김정은의 위치입니다. 정확히 어디 있는지는 모르고, 평양 안에 있는 것은 확실합니다."

이진이 고개를 끄덕였다.

그러자 메리 앤이 물었다.

"어쩌려고?"

"절호의 기회잖아."

"난 나가 있을게."

메리 앤은 표정을 굳힌 채 밖으로 빠져나갔다.

그 뒤를 메겐도 따라 나갔다.

안에는 이진, 강우신, 그리고 와타나베 다카기만 남았다.

"자칫 잘못했다가는 휴전선에서의 교전이 확대되어 불

똥이 전혀 다른 곳으로 튈 수도 있습니다."

"그래서요. 그래서 김정은은 어디 있어요?"

이진이 와타나베 다카기에게 단도직입적으로 물었다.

와타나베 다카기가 다시 모니터를 조정했다.

평양 시내의 한 건물이 나온다.

아파트였다.

주변으로는 전혀 병력이 보이지 않는다.

대체적으로 내부에 소규모의 경호 병력만 있을 가능성이 높았다.

"내년 준공을 앞둔 아파트입니다. 중국을 통해 몰래 들여온 우리 다이나모 에너지 시스템을 갖추었습니다. 현재 입주한 세대는 단 하나인데 시험용으로 보입니다."

"누가 입주했어요?"

"현송월이라고……."

"아! 세컨드?"

"세컨드는 아닐 겁니다. 여자는 많으니까요."

강우신은 어이없다는 표정으로 와타나베 다카기와 이진의 대화를 듣고 있다가 갑자기 나섰다.

"그럼… 없애려고?"

이진은 대답 대신 머리만 끄덕였다.

아파트 한 동에 한 채에만 사람이 산다면 주변 사람들이 희생당할까 봐 걱정할 필요는 없다.

하지만 그곳이 평양이라면?

수십 년 동안 미국은 평양에 있는 위대하다는 그 누군가를 어찌해 볼까 호시탐탐 노렸지만 결국은 성공할 수가 없었다.

그런 일을 지금 이진이 하려는 것이었다.

"그냥 두면 곤란해. 상황에 따라 다시 김정은이 정권을 되찾아도 이번 사태를 누군가에게 덮어씌워야 할 거야. 그게 누가 되겠어?"

"남측이겠군요."

이진이 머리를 끄덕였다.

"한 차수는 뭐래요?"

이미 반란군 지도자인 한인철 차수와 연락을 주고받는 사이란 뜻에 강우신은 더 놀랐다.

"도와준다면 감사히 받겠답니다. 하지만 이후 내정 간섭은 용인할 수 없답니다."

"험!"

강우신이 헛기침까지 했다.

결론을 내려야 할 시간이었다.

"그럼 한 번에 끝냅시다."

"어떻게 말씀이신지……."

"전범 리스트에 오른 자들과 권력 서열 핵심들을 한 번에 제거합시다. 김정은 일가 중 여성이나 어린아이는 모두 중국으로 망명시키는 걸로 처리하고요."

"어떻게요?"

강우신이 묻는다.

대답은 와타나베 다카기가 했다.

"에티오피아에서 우리 보안 부대 5,000명이 지금 출동 대기 중입니다."

"그럼 새로 개발한 테라 Mega 비행선으로요?"

"예. 그것밖에 방법이 없지 않습니까? 주변 4강 위성들을 잠시 무력화시킨 후 대기권 밖으로 나가 평양으로 수직 낙하하면 아무도 모를 겁니다."

테라 메가 비행선은 무 에너지 추진 장치를 갖춘 시험용 우주선이나 다름없었다.

이미 개발은 끝냈지만 발표도 되지 않았고, 에티오피아 기지에 보관되어 있었다.

5,000명을 수송한다는 걸로 볼 때 한두 대가 아닌 것이 분명했다.

모두 과학 기술이 있었기에 가능한 일이었다.

"북한 국방위원회 전원, 그리고 반란에 동참하지 않은 군단 급 사단 급 지휘관. 여기까지 합시다."

"하지만 회장님! 한인철 차수가 받아들이지 않을 텐데요?"

"한인철 차수도 포함이에요."

"하면?"

"그렇게 한 후 한국 정부가 어떤 일도 하지 않도록 애써야죠. 그다음은 북한 주민들에게 맡깁시다. 먼저 대규모의 원조 물품과 첨단 위성 스마트폰을 작전 끝나자마자 뿌려요."
"먹고사는 문제가 없다면 혼란을 바라지는 않을 것이란 말씀이시죠?"
"맞아요. 강 회장님!"
"예, 회장님!"
"북한에 지원할 물품을 확보합시다. 내가 살게요."
이진이 모든 지원 물품에 대한 경비를 개인 돈으로 정산하겠다는 뜻이었다.
"그럼 전 갑자기 바빠서……."
그 말을 들은 강우신이 서둘러 전화를 하러 밖으로 나갔다.
"지금 시작합시다."
이진이 명령을 내렸다.

북한 정권이 쿠데타로 무너지면서 2025년 한반도는 격랑의 시대를 맞고 있었다.
우익은 휴전선을 넘어 통일을 이루어야 한다고 했고, 좌익은 북한 정권을 존중하고 기다려야 한다고 으르렁대면서 싸웠다.

이진은 아무런 정치적 입장도 내놓지 않았다.

사실 위험하면서도 힘든 일이었지만, 어쨌든 큰 변수 없이 일은 마무리가 되었다.

테라의 보안 부대가 어떤 나라 정부도 모르게 평양에 잠입해 그동안 일당 독재 정권하에서 온갖 특혜를 누려 왔던 핵심 세력들을 제거한 것이다.

그럼에도 북한에서 더 이상 혼란이 확대되지 않은 것은 바로 테라의 대규모 원조 때문이었다.

테라는 약속 없이 아예 낙하산에 구호품을 매달아 북한 전 지역에 무작위로 살포했다.

그 양이 무려 1년 중국 예산에 맞먹을 정도였으니, 누구도 혼란이 이어지길 바라지 않았다.

무언가 일이 벌어질 때마다 그걸 기회로 자신의 야욕을 채우려는 자들의 호소도, 선동도 통하지 않았다.

대신 테라에 대한 칭송은 불길처럼 일어났다.

테라는 이어 공식적으로 다시 북한에 대한 지원을 확정 발표했다.

한국의 우익 정당들이 펄쩍 뛰었지만, 이진이 나서 미국 정부와 유엔으로 하여금 북한에 대한 금수 조치를 해제해 줄 것을 요청하자 일은 곧바로 해결되었다.

해를 거듭할수록 북한은 조금씩 안정을 찾아가고 있었다.

대신 이진과 테라는 해가 갈수록 눈에 띄는 활동들을 줄여 나갔다.

그렇게 2030년이 되었다.

여전히 세상은 말도 많고 시끄러운 일들로 가득했다.

그 가운데 둘째 아들 이요가 삼둥이 중 처음으로 결혼식을 하게 되었다.

장소는 한강 고수부지 야외 결혼식장이었다.

모처럼 만에 온 가족이 이요의 결혼식 때문에 모였다.

큰딸 이령은 이미 스웨덴에서 자기 연구 시설을 갖춘 채 양자역학 연구에 박차를 가하고 있었고, 막내 이선은 월스트리트에 자리를 잡았다.

둘째는 결혼 후 본격적으로 정치 일선에 뛰어들겠다고 해 이진과 메리 앤을 걱정하게 만들었다.

"아버지는 요즘 뭐 하세요?"

"나? 난 너희가 못하는 일을 하고 있지."

이제 아버지라고 불리게 된 이진에게 딸 이령이 손을 잡으며 물었다.

마치 쓸모없는 늙은이가 된 느낌이었다.

그래 봐야 아직 50줄에도 들어서지 않았음에도 말이다.

"아빠도 참! 엄마하고 자주 아르헨티나로 가신다면서요?"

"맞아. 네 엄마가 아르헨티나를 좋아해. 그나저나 넌 언제쯤 남자 데려올 거야?"

이진의 말에 딸 이령이 눈을 흘겼다.

"저 아직 아니에요. 좋아하는 사람도 없고요. 22살에 결혼이라니요? 요는 제정신 아니에요."

딸 이령이 동생 이요를 흠잡으며 발뺌을 할 때, 메리 앤이 다가왔다.

"난 좋기만 한데?"

"엄마는 그 나이에 할머니 되는 게 그렇게 좋아?"

"아직 할머니는 아니지. 그리고 딸! 결혼은 좋아하는 사람이 아니라 사랑하는 사람이랑 하는 거야."

"엄마처럼?"

"그럼."

메리 앤이 다가와 이진의 뺨에 키스를 하더니 손을 잡아 일으켜 세웠다.

어머니 데보라 킴이 올 시간이었다.

휠체어를 탄 데보라 킴이 도착하자 곧 결혼식이 시작되었다.

이진은 감개무량했다.

그리고 무언가 아쉬웠다.

숨 가쁘게 달려온 날들이었다.

한데 여전히 이진은 박주운이 이진이 된 이유를 알지 못하고 있었다.

그렇게 이진은 박주운의 마지막 나이에 다가서고 있었다.

어째서 박주운이 이진이 되었는지 어쩌면 살아생전 밝

혀내지 못할 수도 있다는 생각이 들기도 한다.

또 한편으로는 박주운이 이진이 된 것이 혹시 이진 혼자만의 착각은 아니었는지…….

그렇다면 정신병이 틀림없을 것인데…….

이 문제만큼은 누구와도 상의할 수도 없고, 토론할 수도 없는 문제였다.

그나마 만족스러운 것은 이진 스스로가 지구의 에너지 문제와 환경 문제를 해결하는 대단한 업적을 쌓았다는 것이었다.

그 평가만큼은 70억이나 되는 사람들 누구도 이의를 제기하지는 못할 것이다.

그러나 편중된 부에 대해서는 여전히 이진을 헐뜯고 쪼아댔다.

이진은 그런 사람들에게 반응하지 않았다.

정말 쇼펜하우어의 말처럼 그냥 새로운 광물 하나를 발견한 것처럼 치부하고 말았다.

이진과 메리 앤은 이번 결혼식이 끝이 나면 중대한 발표를 할 예정이었다.

세상에게 하는 발표이기도 했지만, 아이들에게 하는 발표이기도 했다.

제8장

처음과 끝

재벌집 망나니
7대독자

결혼식은 성대하지는 않았지만 아기자기한 가운데 마무리가 되었다.

청첩을 하지 않았고 또 외빈도 받지 않았다.

매스컴에도 알리지 않았지만 결혼식이 끝날 무렵에는 소식이 퍼져 기자들이 벌 떼처럼 몰려들었다.

이진과 가족은 모두 함께 성북동으로 향했다.

며느리 강미령은 이진이 보기에 그다지 마음에 들지는 않았다.

국회의원의 딸로 대학교 3학년이어서 둘째 이요와 나이 차이도 크지 않았다.

둘째 이요는 군대를 가지 않았다.

징병제가 폐지되면서 한국의 군대도 역시 미국처럼 돈을 벌기 위한 수단이 된 지 오래.

그래서 둘째는 곧바로 정계에 입문하려는 모양이었다.

이진과 메리 앤은 둘째 이요의 선택을 막지는 않았다.

첫째가 노벨 물리학상을 수상하고는 스웨덴 연구 시설에 틀어박히는 것도 막지 않았고, 셋째 이요가 월스트리트에서 트레이더로 활동을 시작하게 된 것도 막지 않았다.

그렇게 각자 제 갈 길을 찾아가던 중 모처럼 만에 결혼식을 계기로 가족이 한자리에 모인 것이다.

"아버님! 선물 감사드려요."

"감사는 뭘. 마음에 들었으면 좋겠다."

며느리의 말에 이진은 형식적인 인사를 했다.

메리 앤이 모두를 모이게 한 후 중대한 발표를 시작했다.

"너희에게 알릴 것이 있어. 아빠와 난 이제부터 대외 활동을 전부 중단할 거야."

"그게 무슨 말씀이세요?"

"그 동안은 테라의 중요한 결정은 꼭 아빠가 내렸지만, 이제는 전면적으로 이사회에 맡길 거란 얘기야."

"하지만 어머니! 그러다 이사회에서 뭔가 문제를 만들면……."

며느리 강미령이 가장 먼저 나선다.

그런 강미령을 노려보는 큰딸 이령이 입을 열었다.

아무리 좋게 봐 주려고 해도 그렇게 봐 주지 못하겠다는 눈빛이었다.

"그건 미령 씨가 참견할 일이 아니잖아? 늘 그랬듯이 우리 테라에 대한 결정은 아빠가 해 오셨어."

"하지만 아버님도 연세도 있으시고……."

"아빠 아직 오십도 안 되셨거든. 요즘 대부분 110살은 기본이야."

"맞아. 아무리 생각해 봐도 그건 형수가 걱정할 일은 아니다."

셋째 이선까지 나서자 강미령은 슬그머니 물러났다.

그러자 둘째가 나서 수습에 들어갔다.

"참! 다 미령이가 걱정이 되어서 한 말이잖아. 너무들 예민하게 반응한다. 안 그래요, 할머니?"

"그래. 네 말이 맞다."

"하지만 할머니! 오늘 결혼했는데 집안일에까지 먼저 나서는 건 좀 아니잖아요?"

"네 말도 맞고."

데보라 킴의 반응에 모두 웃을 수밖에 없었다.

이진이 말했다.

"재산은 애초에 다 물려줬다. 누구도 테라의 경영권을 가질 수는 없어. 정 경영권을 노리려면 능력을 보여야 해."

이진의 말에 며느리 강미령이 고개를 숙인다.

아마도 제 남편이 정치로 가기로 했으니 재산에 대한 권리가 뒤로 밀릴까 봐 걱정하는 것이 뻔했다.

"그래. 유니버스도 마찬가지야. 누구든 경영권을 가지려면 능력을 보여야 해. 그리고 네 아버지와 난 앞으로 한 20년 동안 너희를 지켜볼 거야. 그때까지 너희가 능력을 보이지 못하면 누구에게도 경영권은 안 줘."

메리 앤은 딱 잘라 말했다.

몇 년 전부터 테라의 경영권 문제가 전 세계적으로 뜨거운 감자였다.

지구상에서 가장 큰 기업이자 모든 지구인의 실생활과 밀접한 관계를 지니고 있으니 경영권은 공익에 우선을 두고 승계되어야 한다는 목소리가 여기저기서 흘러나왔다.

그런 이야기들을 들은 데보라 킴은 콧방귀를 뀌며 말했다.

'감히 내 손주들 재산을 누구 마음대로?'

아이들의 할머니는 그랬지만 이진과 메리 앤은 달랐다.

물론 재산을 나눠 줄 생각이었다.

그러나 능력을 보이지 않는다면 그 재산은 아이들의 삶을 파괴하는 무기가 될 것이 확실했기에 그냥 상속을 하지는 않기로 했다.

그리고 부부에게는 중요한 계획이 있었다.

"우린 주로 여행을 다닐 예정이야. 중요한 결정들은 이 사회에서 알아서 할 거다."

메리 앤의 말을 이진이 받았다.

"너희들 누구도 이사회에 영향을 미칠 수 없다. 내가 이사들에게 모두 말해 두었으니 우리 아들, 딸, 혹은 며느리란 이름으로 특혜를 받을 생각은 말아라."

"하지만 아버님! 형님은 이미 특허권만으로도 돈 걱정은 전혀 안 하고 사시게 되었는데요?"

이진이 말하는 사이, 며느리가 큰딸을 걸고넘어진다.

큰딸 이령은 테라가 가진 기술 특허권의 대부분을 보유하고 있었기에 사실상 세계 최대 부호로 떠오른 상태였다.

아마 이진과 메리 앤이 재산을 사회에 환원한다면 곧바로 포브스 재산 1위는 큰딸 이령이 될 것이 확실했다.

"그건 령이의 문제지. 령이는 자신의 노력으로 특허를 보유한 거야. 게다가 그걸 혼자 독식한 것도 아니야. 세계 각국에 나눠 줘서 인류에 봉사하고 있어."

"맞아. 만약 네가 요와 함께 그렇게 정치적으로 봉사를 한다면 너희에게도 충분한 재산이 돌아갈 거야."

메리 앤이 쐐기를 박으면서 대화는 일단락되었다.

이진은 이제부터는 자주 만나지도 못할 것이란 말을 마지막으로 결혼식 날의 가족 모임을 끝냈다.

이진과 메리 앤은 그 이후 몇 달 동안 무언가를 준비하기 시작했다.

그리고 얼마 지나지 않아 대중들의 관심에서 멀어졌다.

매스컴에서는 하루가 멀다 하고 건강 이상설, 와병설, 사망설까지 나돌았다.

그러나 매해마다 이진과 메리 앤은 전 세계에 보내는 새해축하 메시지를 통해 세상에 자신들이 건재하다는 것을 알렸다.

테라는 온갖 위험에 노출되면서도 계속 세계 최대 기업의 자리를 지키고 있었다.

그리고 우주 개발에까지 나서면서 그 영역을 확대해 나갔다.

그렇게 세월이 흐르면서 이진과 메리 앤은 점점 세상의 관심사로부터 멀어지게 되었다.

세월은 빠르게 흘렀고, 아이들은 전부 결혼해서 아이를 가지게 되었다.

이진과 메리 앤은 어머니 데보라 킴의 장례식에도 나타나지 않았고, 딸 이령의 결혼식에도 나타나지 않았다.

막내 이선이 테라의 대표이사 자리에 올랐지만 그럼에도 나타나지 않았다.

심지어 둘째 이요가 한국 대통령에 당선되었음에도 취임식 중 이진과 메리 앤의 자리는 비어 있었다.

해가 거듭될수록 온갖 음모설이 나돌았다.

손자가 태어나고 손녀도 태어났다.

안나가 숨을 거두었고, 강우신이 은퇴를 선언하고 테라 에너지의 회장에서 물러났음에도 이진과 메리 앤은 모습을 보이지 않았다.

세월이 그렇게 흐르자 점점 이진과 메리 앤은 사람들의 관심에서 멀어져 갔다.

그리고 이진의 나이 75세가 되는 해에 뜻밖의 소식이 한 여류 작가에게 전해졌다.

부에노스아이레스 공항을 출발한 지 한 달 하고도 보름.

비로소 강미주는 페리토 모레노 빙하의 푸른빛을 마주할 수 있었다.

아무리 늦어도 족히 며칠이면 도착할 수 있을 것이라 여겼다.

그러나 지나치다 싶을 정도의 보안 검사 때문에 일정은 하염없이 늘어만 갔다.

횟수도 문제였지만 과정도 치욕적이다 싶을 정도였다.

마흔을 바라보는 나이.

홀딱 벗은 것도 모자라 늘어지기 시작한 젖가슴을 차가

운 금속판에 짓눌러야 했다.

그러나 이미 동의한 일이어서 항의할 수도 없었다.

아무튼 그러는 사이 어느덧 한 달이 훌쩍 지나가 버렸다.

이어 전용기에 올랐고, 최종 목적지인 테라 인더스트리 소유의 배에 올라설 수 있었다.

배라기보다는 함선 같았다.

크기가 대형 크루즈 선박만 한 데다 보통 배와는 다른 선체 구조를 가지고 있었다.

"여기서 어디로 가요?"

"남극해로요."

확인해 봐야 할 문제였다.

그런데 답변은 아주 단조로웠다.

배에서 영접(?)에 나선 메겐이란 이름의 나이 든 여자는 걸음이나 제대로 옮길 수 있을까 싶을 정도로 늙은 노파였다.

그럼에도 꼼꼼하기로 따지자면 젊은 사람 저리 가라다.

큰 키에 은테 안경 너머로 반짝이는 눈은 강미주를 범죄자 취급하는 것 같았다.

"이건 뭔가요?"

탁자 위에 강미주의 핸드백 내용물을 쏟아 놓고는 메겐이 물었다.

핏줄이 선명하게 보일 정도로 흰, 그러나 주름이 자글자

글한 손가락이 들고 있는 건 우황청심환이었다.

 엄마가 놀라지 말라며 핸드백 안에 넣어 준 것이다.

 서른 넘게 NBS 보도국에서 굴러먹었는데 놀랄 일이 뭐가 있다고?

 아무튼 메겐이란 여자의 한국말은 신선했다.

 잘하면 사투리도 쓸 기세였다.

 강미주는 메겐의 질문에 심드렁하게 대답했다.

 "아, 우황청심환? 예전에 먹어 본 적이 있긴 하네."

 "보안 검사가 까다롭죠?"

 "좀 그러네요. 내가 모르는 사람 만나러 온 것도 아닌데……."

 모르는 사람은 아닐 것이다.

 그러나 아는 사람이라고 하기에도 뭔가 석연치 않았다.

 강미주가 만나러 온 사람은 바로 외할아버지와 외할머니다.

 그리고 외할아버지를 인터뷰하기로 되어 있었다.

 태어나서 지금까지 외조부를 만난 적은 없는 것 같다.

 있는지도 모르지만 어려서 기억에 없을 수도 있었다.

 어쨌든 직접 본 적은 없음에도 외조부를 안다.

 이유는 외조부가 이 행성에서 가장 유명한 인물이기 때문이다.

 외조부는 인류가 낳은 가장 위대한 기업가이자 과학자로 거론된다.

그 명성은 외조부가 일구어 놓은 두 기업으로 대변된다.

세계 최대 기업 집단인 테라 인더스트리.

그리고 그 테라 기업의 지주회사이자 역시 세계 최대 복지 재단인 테리 유니버스.

그것도 모자라 세계 최대의 군사 기업인 EJ 테크니컬까지.

세계를 쥐락펴락하는 세 기업의 총수가 바로 강미주의 외조부였다. 그런 외조부는 고령임에도 아직까지 왕성한 활동을 이어 가고 있다고 알려져 있었다.

그러나 그런 브리핑 외에 외조부의 삶의 대부분은 비밀에 가려져 있었다.

매스컴에 나도는 사진은 대부분 30년은 지난 것들.

유명인이라면 너 나 할 것 없이 홍역처럼 치르는 매스컴과의 인터뷰조차도 최근 30년간은 없었다.

30년 전에도 세계 최대 재벌이었던 외조부는 여전히 세계 최대의 재벌이었다.

외조부는 명성과 다르게 철저한 은둔 생활을 해 왔다.

친족들은 물론 가족들 역시 외조부를 만난 적이 거의 없다.

심지어 딸인 엄마조차도 이번에 아빠와 엄마를 만날 기회를 얻지 못했다.

아무튼 이번에 강미주가 외조부를 만나게 된 것은 특혜

중의 특혜라 볼 수 있었다.

그래서 강미주는 모든 것을 감수해야 했다.

외조부를 만나면 따져 물을 것도 있었다.

부에노스아이레스 공항에서 아빠가 보고 싶어 눈물까지 흘린 엄마는 왜 여기 오지 못하는 것이냐고.

그 전까지는 말을 가려 가며 해야 할 것 같았다.

"엄마가 챙겨 준 거예요. 할아버지 딸이요. 그것도 안 돼요?"

"아닙니다. 아가씨는 어떠세요?"

아가씨는 엄마인 이령을 말하는 것이 분명했다.

엄마 이령은 보통은 이 박사로 불린다.

양자의 세계를 열어 인류를 무한한 자원의 보고로 이끈 위대한 과학자가 바로 강미주의 엄마인 이령이었다.

하지만 엄마 역시 오십을 오래전에 넘겼는데 아가씨라니?

"아마 아가씨는 아닐걸요? 잘 계세요."

"그러시겠죠. 워낙에 영특하신 분이었으니……."

"엄마를 아세요?"

"오래전에 뵌 적이 있습니다. 성북동에서요."

"성북동이면 테라 기념공원이요?"

"예. 거기서 사셨었지요."

메겐이란 여자의 말에 강미주는 급궁금해졌다.

하지만 계속해서 소지품을 하나하나 살피는 메겐에게 다시 짜증이 났다.

"너무하네요. 내가 마치 범죄자나 전염병 환자라도 된 기분이에요."

강미주의 날 선 반응에 메겐은 옅은 미소를 지으며 말했다.

"회장님을 뵈면 이해하실 거예요."

"그래야만 할 거예요."

보안 검사가 끝이 나자 강미주는 메겐을 따라 좁은 금속 벽 사이를 걸었다.

배인데 내부는 마치 잠수함 격실처럼 보였다.

스르륵.

자동문이 열리자 곧바로 안전벨트까지 장착된 의자 하나가 나타났다.

외부와 차단되어 밖의 상황을 알 수는 없었다.

"여기서 잠시 기다리세요."

"또요?"

"이제 얼마 안 남았어요."

메겐이란 여자는 강미주의 항의에도 아랑곳하지 않은 채 나가 버렸다.

피곤한 시간이었다.

의자에 앉은 강미주는 잠깐 졸았다.

긴장된 순간을 버티느라 피곤했는지 저절로 잠이 쏟아졌다.

잠결에 약간의 진동이 느껴졌다.

그리고 눈을 떴을 때, 강미주는 편안한 자세로 어느 거실 소파에 앉아 있었다.

'어떻게 된 일일까?'

강미주는 당황했다.

그러다 낯선 시선을 느끼며 고개를 돌렸다.

왼쪽에는 미니바가 있었는데, 그곳에 젊은 남자 한 명이 앉아 강미주를 바라보고 있었다.

"누… 누구세요?"

당황한 강미주가 스커트 자락을 가지런히 하면서 놀라 물었다.

그때, 젊고 잘생긴 남자의 입에서 황당한 말이 흘러나왔다.

"엄마가 우황청심환을 챙겨 줬다며?"

"……."

반말을 하며 웃는 젊은 놈.

어디선가 본 듯한 얼굴이었다.

아이돌처럼 보인다.

그래서 싸가지가 없나?

아니면 한국말을 제대로 못 배워 처먹었나?

아무튼 서른이 넘은 자신에게 반말을 하는 녀석이 이상하리만큼 친근하게 느껴졌다.

"Who are you(너 누구니)?"

영어로 물었다.

그러자 한국말로 대답이 돌아왔다.

"오래전에 한 번 본 적이 있단다. 정말 많이 컸구나."

강미주는 하도 어이가 없어 머뭇거려야 했다.

그때 젊은 녀석이 액자 하나를 내밀었다.

액자 속 사진을 본 강미주는 화들짝 놀랐다.

사진 속에는 젊은 남자의 손을 잡고 서 있는 어린아이가 있었다.

바로 강미주 자신이었다.

강미주가 3살 때인가?

아무튼 테라 사립 유치원에 입학할 때 찍은 사진이 분명했다.

그때 외조부를 봤었나?

전혀 기억에 없는 일인 데다가 30년 전의 일.

"이걸 왜?"

강미주는 사진을 바라보며 물었다.

그러나 곧 사진 속에 자신의 손을 잡고 있는 외조부의 모습과 마주 앉은 청년의 모습이 교차되어 왔다.

약간의 나이 차는 있어 보이지만 거의 같은 사람…….

설마?

말도 안 돼.

어떻게 그럴 수가…….

"기억나니?"

외조부일지도 모르는 녀석이 입을 열었다.

"너 유치원 입학 때 찍은 사진이다. 잘 자라 주었구나."

강미주는 액자 속 사진과 맞은편에서 헛소리를 지껄이는 청년을 번갈아 바라봐야 했다.

정신이 아득해져 갔다.

"이게 대체……!"

"우리가 그 이야기를 하려고 이렇게 만났구나."

다른 재벌 3세들과 강미주는 전혀 다른 삶을 살았다.

흥청망청 돈을 쓴 적도 없고, 지구에서 가장 부자인 외할아버지의 후광을 입은 적도 없다.

어머니 역시 마찬가지였다.

그 많은 특허권으로 들어오는 수입을 어디에다 쓰는지 돈 한번 편하게 쓰고 산 적이 없다.

거의 잊고 산 외조부였다.

그런 외조부의 소식이 들려온 것은 3년 전.

강미주가 방송국 메인 앵커 자리를 내려놓고 소설가이자 유튜버로 활동하기 시작한 때였다.

첫 단편 소설도 출간했다.

그때 외할아버지로부터 연락을 받았다.

전화도 아니었지만 편지도 아니었다.

타인을 통해 전해 온 짧은 메시지였다.

손녀가 쓴 소설을 읽으셨다고 했다.

글 솜씨도 칭찬하셨다.

그러고는 제의를 했다.

당신의 자서전을 써 보면 어떻겠느냐고.

강미주는 반가운 척해야 했다.

외조부를 오랜만에 뵐 수 있기 때문도 아니었고, 인터뷰를 허락해 주어서도 아니었다.

일단 인터뷰를 유튜브에 올리면 대박을 칠 것이 확실해서였다.

'이렇게라도 도와주시려나?'

그때 마음은 그랬다.

그래도 인터뷰가 끝나면 따질 것은 따져야겠다는 생각도 했었다.

가진 것은 돈밖에 없으면서 아빠를 잃고 힘들게 산 엄마와 자신을 방치한 이유를 묻고 싶었다.

얼마나 시간이 지났을까?

눈을 뜬 강미주.

중환자실의 침대 같았다.

의료 기계로 보이는 것들이 그녀를 둘러싼 채 감시하는 중.

정신을 잃기 전의 기억이 선연하다.

분명 사진 속의 남자였다.

적어도 30년은 지났을 것이다.

그 남자가 그 모습 그대로 자신을 바라보고 있었다.

꿈이 아니었다.

그때의 모습도 믿기지 않는데 지금도 그 모습 그대로였다.

가장 먼저 '벤저민 버튼의 시간은 거꾸로 간다.'라는 영화가 떠올랐다.

그 사람도 벤저민 버튼처럼 시간이 거꾸로 가는 것일까?

그도 아니면 임모털(Immortal)?

온갖 망상이 머릿속에 떠올랐다 사라졌다.

그때 병실 문이 열리며 금발에 키가 큰 여자가 안으로 들어왔다.

"모든 생체 리듬은 안정화되었다네?"

"생체 리듬이요?"

"호호호! 여긴 가장 진보된 의료 시설을 갖추고 있는 곳이야. 정말 네 엄마를 빼닮았구나."

이 여자는 또 뭐지?

강미주는 황당한 마음에 또 물어야 했다.
"누구신데요?"
"나? 이걸 지금 말해 줘야 하나? 두 번 기절은 안 할 거지?"
여자가 말을 하면서 젊은 녀석을 바라본다.
"설마……."
그때 강미주의 머릿속에 떠오르는 얼굴이 있었다.
"메, 메리 앤?"
"애 좀 봐. 외할머니 이름을 그렇게 막 부르면 어쩌니?"
"허억!"
강미주는 정신을 차려야 한다는 생각이 들었다.
외할아버지를 인터뷰하러 왔는데 젊은 외할아버지와 젊은 외할머니를 만나다니.
어쨌든 정신을 차려야 할 시간이었다.
그리고 지금 이 현실을 믿을 수가 없었다.
"저기요. 시간이 석 달이라고 하셨죠?"
"맞아. 애도 제 엄마를 닮아 시간관념은 철저하네."
뭐라 그러든지 말든지 강미주는 일단 일어나겠다는 신호를 보냈다.
"시간이 얼마나……."
"3일하고 12시간 지났어. 괜찮으면 일어나 시작해 볼래?"
어떻게 그렇게 오랜 시간이 지났을까?
잠깐 충격에 어지럽다는 걸 느낀 것이 마지막이었는데…….

"일어날게요. 그래서 만날게요."

"누굴?"

"당연히 외조부이신 이진 회장님이시죠."

"그 이 회장 영감은 네 앞에 있구나. 그리고 외할머니가 나야."

다시 정신이 아득해져 오는 강미주.

우황청심환이 떠올랐다.

그래서 엄마가……

"저기, 우황청심환 좀……"

우황청심환을 찾으며 강미주는 이를 악물었다.

서른다섯.

최영미 시인의 표현대로라면 잔치도 이미 오래전에 끝난 나이.

아프리카 봉사활동에서 처참한 비극들을 몸소 경험한 후, 살아서는 더 이상 무엇에도 놀라지 않을 것이라 확신했었는데…….

"이거?"

"예."

자칭 외할머니라고 주장하는 젊은 여자가 내민 우황청심환을 강미주는 잘근잘근 씹어 삼켰다.

그리고 작정을 하고 몸을 일으켜 밖으로 따라 나갔다.

더 넓어진 거실이었다.

정신을 잃기 전에 만난 젊은 남자가 소파에 앉아 그녀를 기다리고 있었다.
"정말… 말도 안 돼."
"잘 커 주었구나. 놀랐지? 내가 네 외할애비다."
할애비…….
아닌 것 같다.
성형이라도 하신 걸까?
저렇게 완벽한 성형이 있다면…….
엄마는 왜 안 해 주느냐고 따져야 하나?
그도 아니면 테라 그룹의 수많은 연구소들에서 불사의 비법이라도 발견한 것일까?
강미주는 어이없게도 그런 생각이 들었다.
"시간이 더 필요하면……. 난 괜찮다."
"아, 아니요. 전……."
눈부신 남자.
아니, 외할아버지였다.
한번 사귀어 보자고 들러붙을 만한 외모.
근데 할아버지라고?
"자서전은 아마 힘들 거다. 소설이 어떠냐?"
남자, 이진이 입을 열었다.
아직도 강미주는 외조부라고 인정할 수가 없었다.
"정말 외할아버지세요?"

"맞다."

"어떻게… 아직 안 죽고… 그렇게 젊으실 수가 있어요?"

엉겁결에 말이 나갔지만, 왜 아직 안 죽고 살아 있냐는 질문처럼 들렸을까?

"그걸 들으려고 지금 만난 것 아니니?"

강미주는 다시 정신을 잃을 뻔했다.

그러나 이를 악물고 참아 냈다.

"어디서부터 시작할까?"

외할머니 메리 앤이 타자기를 가져다 슬며시 내려놓더니 젊은 외할아버지 옆에 앉았다.

그러나 강미주는 여전히 타자기 앞에 가 앉을 수조차 없었다.

그때, 할아버지라고 주장하는 젊은 남자의 말이 캔디처럼 달콤하게 들려왔다.

"넌 내 외모가 이런 이유가 궁금하겠지?"

"예."

당연히 그랬다.

20살이라고 해도 믿을 정도다.

어째서 20살로 보이는지가 가장 궁금할 수밖에 없었다.

"그렇지만 그건 이야기 속에 섞어 설명할 수밖에 없겠구나."

"그럼……."

"어떻게 돈을 벌었는지부터 시작하면 어떻겠니?"

강미주는 아이돌 싸대기 후려치고도 남을 미모를 지닌 외할아버지의 말에 고개를 끄덕일 수밖에 없었다.

그리고 떨리는 걸음으로 타자기 앞에 가서 앉았다.

"그때가… 막 두 번째 삶을 시작한 때였지."

이진의 입에서 두 번째 삶이란 말이 나왔다.

두 번째 삶?

믿거나 말거나.

어쨌든 강미주는 더 이상 토를 달지 않았다.

그래 봐야 속도만 느려질 테니 말이다.

"그 이전에 난 박주운이었다. 한데 어느 날 죽었다가 눈을 떠 보니 이진이 되어 있었다."

타다다다닥. 타타탁.

믿거나 말거나.

강미주는 타이핑을 시작했다.

"보통 양자의 영역에서 시간은 무의미해진단다. 그렇지만 타임머신이 만들어져도 같은 사람의 과거에 미래의 의지를 보내는 것은 불가능하지."

"그래. 아직 그것까지는 해결이 되지 않았단다."

곁에서 차를 홀짝거리며 메리 앤이 거들고 나섰다.

이것도 믿거나 말거나.

"어쨌든 미래의 의식을 이미 죽은 사람에게 보낼 수 있는 기술은 네 엄마의 양자 기술로 가능해졌단다."

"그래서요?"

타이핑을 하다 말고 강미주가 머리를 쳐들고는 물었다.

"그래서 나와 메리 앤은 기록을 통해 죽은 자들의 의지 속에 미래의 우리를 전송하게 된 거지."

"호호호! 참 재미있는 이야기네요."

강미주가 웃었다.

그러자 이진이 말했다.

"그때가 2007년이었을 거다. 그때 딱 알맞은 사람이 있었지. 우리 테라에 큰 해가 될 사람과 가장 가까운 사람이 목숨을 잃는다는 것을 알았지."

"이 의식의 전송 방식은 죽은 사람과 죽을 사람의 시간 간격이 크지 않아야 한다는 단점을 가지고 있지."

"만약 크면요?"

강미주는 믿지도 않으면서 물었다.

"그렇게 되면 자신이 누구인지도 모른 채 삶을 살게 되겠지. 물론 가깝다고 해도 다 알지는 못하지."

"그래서요?"

조금은, 아니 좀 더 이진이라고 주장하는 젊은 사람의 말을 납득하게 된 것일까?

강미주는 마음이 진정되는 걸 느꼈다.

"문명에서 신이란 존재는 없단다. 모두가 과학적으로 증명이 가능하고 해결할 수 있는 문제들이지. 그러나 인간은 모르는 것은 늘 미스터리하게 만들어 믿음을 끌어내려 하지."

"……."

강미주는 더 이상 대답하지 않았다.

"그래서 난 소설이 좋겠다고 한 거란다. 그때 박주운이었던 내가 깨어난 곳은 존스 홉킨스 대학병원이었단다."

"난 그 옆에 있었고……."

이진과 메리 앤의 소설 같은 인생 이야기가 시작되었다.

커튼이 열린 창가로는 멀리 몇 개의 둥근 행성들만 보이는 우주 공간이 펼쳐져 있었다.

타이프를 치던 강미주는 문득 고개를 들다가 하염없이 펼쳐진 우주 공간을 바라보고서야 이곳이 지구가 아님을 깨닫게 되었다.

그리고 눈앞의 두 사람이 틀림없는 외할아버지 이진과 외할머니 메리 앤이란 것을 깨닫게 되었다.

'그렇게 오랫동안……. 금슬도 좋으셔.'

마침

www.mayabooks.co.kr

www.mayabooks.co.kr